夜空中最亮的星

香港戰疫紀事

本書編寫組 編

編者的話

2022 年年初，香港開始出現第五波疫情。農曆新年甫過，確診人數持續攀升，醫療資源難以負荷，市民大眾彷徨無助。一時間，美麗的東方之珠墜入愁苦的黑夜。然而，夜越黑，星越亮。危難時刻，香港社會各界各司其職，各盡所能，積極應對兇險的疫情，攜手共克時艱。

數月以來，香港各大媒體奔走於抗疫一線，捕捉一個個值得記錄的瞬間，採寫了許多真實感人的新聞報道，並及時與市民分享有益資訊，傳播寶貴的抗疫正能量。見及於此，我們感動於這些激勵人心、凝聚力量的文字與圖像，同時也希望運用出版人自身所長，以流傳更為廣遠的形式 —— 書籍，將其留存，令其傳播開去。

編者遍蒐各大媒體的相關報道，聚焦平凡個人的非凡貢獻，正是這些身份各異、角色有別的平凡人，點亮了香港戰疫之路的星星之火。以「平凡人」為經，以其不同身份為緯，我們將精選出的這些戰疫真實故事編列為四個篇章：第一篇「英雄無悔」，集中展現抗疫一線工作者風采，包括一線醫護人員、核酸檢測人員等。面對嚴峻疫情，他們勇於擔當，堅持用自己的專長服務大眾，無怨無悔。第二篇「仁者無懼」，主要彙集社區工作者的抗疫故事。社區工作者是香港社會的重要力量，他們默默奉獻，在抗擊疫情的關鍵時刻，發揮了深入基層、幫老扶弱的重要作用。第三篇「微塵有光」，主要記錄疫情下香港市民的親身經歷。鄰里街坊困頓之中的守望相助，方艙隔離的點滴記錄與分享，全家確診之後的自我救助 …… 疫下的港人身體力行，續寫著可貴的獅子山精神。第四篇「堅強後盾」，主要反映後方保障人員的艱辛與付出。兵馬未動，糧草先行。後方保障是打贏抗疫之戰的前提和基礎。內地援港物資運送、逆行的援港醫護、方艙援建，為港人走出疫情築起了堅定的信念。

黑夜之中，一顆星是何等渺小，但無數的星星一同發光，便足以照亮夜空。只要懷抱希望和勇氣，你便是夜空中最亮的那顆星。編者在此向新華社、中國青年報、大公文匯、鳳凰衛視、橙新聞、晴報等媒體同仁，以及無私提供圖片支持的各位受訪者，一併致以衷心的謝忱和敬意！沒有你們的支持，就沒有這本書的出版。

2022 年 5 月

目錄

第一篇　英雄無悔

第二篇　仁者無懼

第三篇　微塵有光

第四篇　堅強後盾

第一篇

英雄無悔

康文署救生員一呼百應：
變出氣袋無怨言　憑經驗化解市民怒氣

在嚴峻的疫情下，公務員亦積極參與抗疫工作，務求達到動態清零目標。康文署上月底出動近 200 人參與葵涌邨逸葵樓圍封行動，首日工作有 20 多名救生員參與其中，由於逸葵樓是第五波疫情下首批被圍封的樓宇，工作人員所遇到的壓力特別大，面對一些情緒較激動的市民，救生員憑着平日救援經驗，成功將問題一一化解。

純屬自願性質　日穿 14 小時保護衣

香港拯溺員工會主席鄧子安對《橙新聞》表示，在逸葵樓圍封首日，已經接獲署方通知到現場協助，由於這次出動純屬自願性質，面對當時不能預知的情況，不少同事依然一呼百應，他相信這正是從事拯救工作的使命感 .

由於當值安排是工作一日後至少要兩日完成檢驗後才能重返崗位，故鄧子安於圍封首日及第四日當值。不過當值一日絕不能說輕鬆，他們要連續 14 小時身穿保護衣在現場工作。不過對於可能染疫，他覺得這絕非救生員所擔心的事，「平日工作只係着件背心，而家全套裝備保護性更強。」

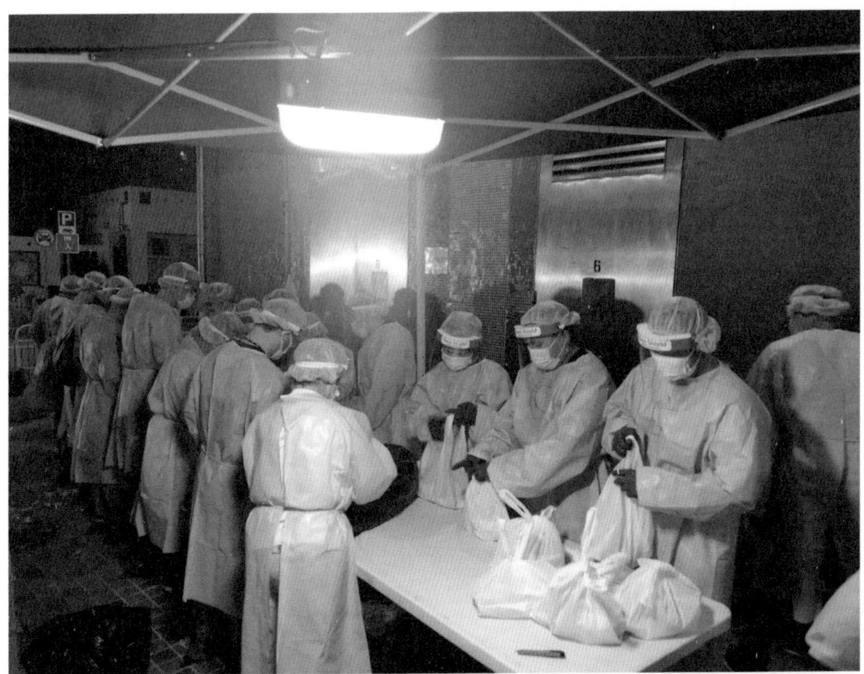

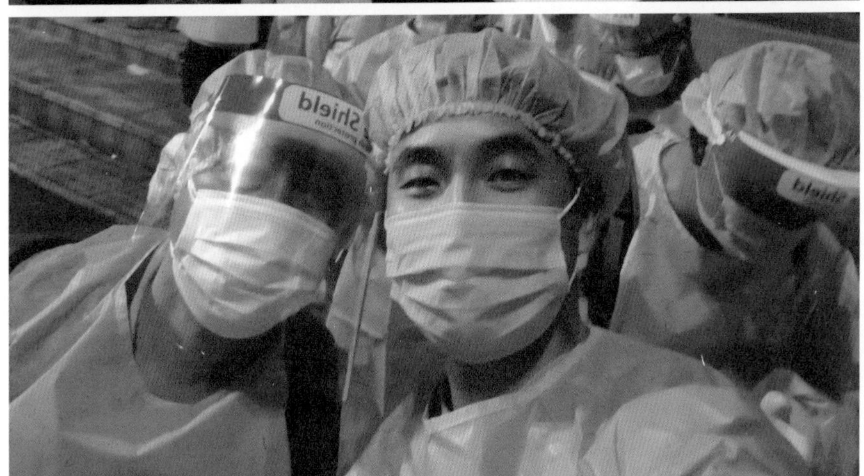

上｜在葵涌邨逸葵樓圍封行動中，救生員及康文署一眾人員為居民派送飯盒。

下｜鄧子安(右)與同事們協助葵涌邨圍封工作。

圍封初期資訊較混亂　對居民求助感到愛莫能助

圍封期間救生員工作主要負責為居民派送飯盒，由於是圍封初期，大家對詳細安排都不甚了解，居民情緒顯得激動，部份人更將怨氣發洩到工作人員身上。不過正由於他們的救援經驗，加上經常要面對面接觸市民，最終憑耐性及經驗，成功安撫居民情緒。鄧子安覺得，最無奈的反而是圍封初期資訊較混亂，居民對於圍封時間、檢測安排等都不太清楚，最終只能向他們這些「派飯員」查詢。由於不少資料他們亦答不上，對居民的求助只感到愛莫能助。

不過在圍封一周內，他們亦發現居民態度的轉變，由最初充滿不安甚至指罵工作人員，到後來感謝他們的協助，有居民甚至在大門貼上字條，感謝工作人員的辛勞，令他們非常安慰。

隨着疫情愈趨嚴峻，挑戰將更大，鄧子安指，他們已接獲通知，隨時要全體候命出動，身為公務員及香港人，他們亦有足夠心理準備，未來工作量可能更大，但更希望的是疫情盡快結束，大家生活重回正軌。

撰稿：Mars、samsontse

圖片：受訪者、康文署提供

橙新聞，2022 年 2 月 21 日

寒風冷雨堅守崗位為市民檢測

寒風冷雨吹襲我城，連日來氣溫低至個位數字，疫下更添幾分淒涼，稍微站在室外半秒，也令人渾身顫抖。試想想，在戶外檢測的前線人員何以在這環境下，強忍嚴酷寒流，繼續如常為市民檢測？有身兼地區服務者的立法會議員參與送暖行動時，更透過在前線的工作經驗，反思身為地區服務者的角色，「其實，我們在日後可以再多做一點」。

瘦弱女工作人員手指發僵渾身麻木

民建聯李世榮向《橙新聞》表示，在新世界發展的贊助下，他們日前在傍晚時分到車公廟體育館檢測站、瀝源社區會堂檢測中心及將軍澳寶康公園檢測站，為檢測人員安裝暖爐。

最令他記憶猶深是，甫到瀝源社區會堂檢測中心，看到一位瘦弱的年輕女工作人員在冰冷微雨下，坐在電腦前輸入檢測者資料，「她弱質纖纖，看到她打字時，整個人發抖，手指非常僵硬，不時要用另一隻手鬆鬆指骨。隔著手套也聯想到她的雙手發紫，但她卻繼續工作⋯⋯」

「我們在場裝暖爐一會兒，已冷到不停碎碎唸，到離開那一刻都仍在講，更遑論前線的人。」他笑說著。

上｜李世榮與沙田地區團隊到數個檢測中心安裝暖爐。

中｜預備材料及物資，安裝暖氣設施。

下｜安裝暖爐時，他們坦言感到非常寒冷。

前線專業服務市民　人群散去即圍爐取暖

在安裝暖爐的時候，李世榮亦留意到，在旁工作人員面不改色，努力地運用一對早已僵硬麻痺的雙手，儘管他們需不時兩手摩擦生暖，但亦無阻他們進行各種工序。

當他們安裝完成後，工作人員仍在自身崗位，目不斜視，默默地服務。不過，當檢測人士散去，現場僅餘下他們的時候，他們隨即走到暖爐前取暖，說著「好凍呀」、「係囉，手指都無法動彈」和「成個人好似僵了」；即使如此，李世榮卻仍留意到他們「有講有笑」，互相鼓勵一番，未幾，工作人員稍從遠處看到有市民身影時，他們迅即重返所屬崗位。

對於前線工作人員在惡劣天氣下工作的態度，李世榮認為，或許有人會本着「他們受薪、打工的心態看待」，產生理所當然的觀感。這種環境下仍保持水準和專業，「並非人人可以做到」。他更明言，是次體驗讓他反思，「其實，我們作為地區人士，是否可以再做多一點呢？」

寒流未退，相信香港市民仍要「捱」多兩日，李世榮將在這兩天到不同地方向工作人員及市民派暖貼，期望將前線不論環境亦能保持專業的精神，發揚光大。

撰稿：Abel、CK Li

圖片：受訪者提供

橙新聞，2022 年 2 月 22 日

醫療輔助隊縱橫疫區「未驚過」

第五波疫情嚴峻，前線壓力「爆煲」，在一般市民看來，他們每日冒着中招風險走在最前線。我們時常聽到「前線」這詞彙，隨即聯想到醫院裏的醫護人員，但別忘記還有很多人在抗疫路途上奮鬥，正如好像本文的聰哥一樣，他每日都要肩負抗疫任務，而且在工作期間與染疫、懷疑確診及密切接觸者近距離接觸；儘管如此，他並無半點恐懼，更言保持穩健心理質素是安撫市民的重要前提。

因疫情嚴峻　走在抗疫最前線

醫療輔助隊輔導護士聰哥接受《橙新聞》訪問，向記者簡介自己的日常的工作，他現時隸屬於隊中的運輸組，在疫情爆發前，主要負責非緊急救護的服務。

不過，由疫情開始至今，聰哥的工作性質應時而變，以投入抗疫的任務。起初，他主要接載隊員到隔離營、疫區工作，但在疫情的不同階段，他的職責又有所變動，「有段時間就負責運送外地返港人士去隔離。」

及至這段時期，聰哥開始接載來自爆疫的老人院、院舍人士到隔離設施，此外，他還要到檢疫或隔離的大廈派「福

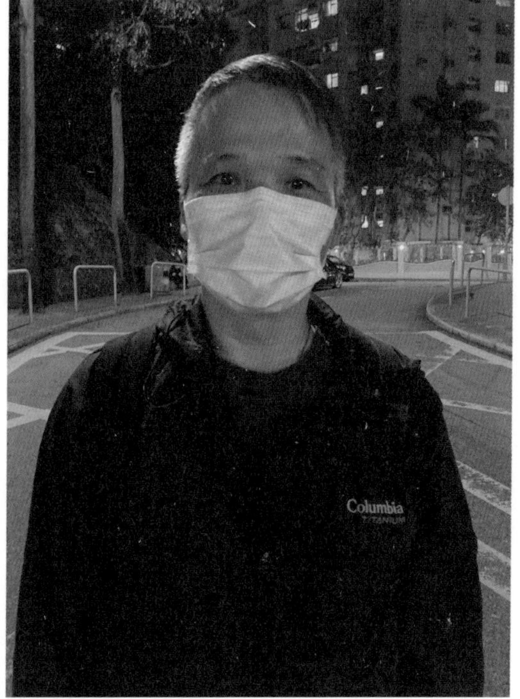

上｜醫療輔助隊幫助接載患者、疑似確診者及密切接觸者。

下｜聰哥指工作時「無得驚」，更需有冷靜情緒。

袋」，包括快速測試、防疫用品等，「因為那裏需要 24 小時有人當值」；同時，他亦須協助正在隔離的長期病患者、長者等到醫院取藥，好讓他們不會因而影響病情。

平常心工作方能令市民平靜

對於聰哥的工作性質，記者不禁問他：由於爆疫前與疫情期間的任務改變，需要從事高風險行動，自己會否感到突然及不安；惟他卻輕描淡寫地回應說：「儘管有許多不同的工作，惟全都是受訓時的項目，即是受過相關防感染的訓練，故不會緊張，而且慢慢也做慣了。」

另一方面，相信讀者亦對居民撤離到隔離設施時的畫面有印象，有時更能從新聞片段中看到他們情緒起伏，如此一來，負責接載他們的前線工作者會否感到着急？

聰哥聽後，一臉認真地表示，從事有關崗位人士是「無得驚」，更需有冷靜情緒，「如果我們不能冷靜處事，又怎能安撫及平復市民的心情呢？」

恐懼源於對事實不清　籲在家隔離人者「唔好慌」

現時，由於確診數字每日急增，醫院急症室爆滿，輪候時間至少 8 小時；同時，竹篙灣及其他隔離中心亦人滿為患，故令許多確診人士變相居家隔離，我們不時都會聽到有居民在隔離期間感到非常恐慌的消息。

聰哥認為，擔心乃源於人們對事實不清，而引致過分恐慌，更呼籲市民在家隔離時千萬「唔好慌」。他坦言，現時並無「特效藥」醫治新冠肺炎，故人們應在家好好調理身體，「有得休息就盡量休足」，做好政府提醒的相關措施，多休息及注意自身情況和衛生，便毋須過分緊張而影響身心情況，「其實，我最感到擔心的是長者、幼童及長期病者群組。」

為非前線同僚憂心

面對經常進出醫院、隔離營、酒店及院舍等「高危」地方，相信許多人都會憂慮，而作為前線的聰哥卻有另一番體會。

「開頭都有少少擔心（染疫），但其實我們在工作期間反而更安全，因為在當值時的保護裝備、措施非常足夠，做足安全措施的。」聰哥笑說。

他形容，除了在執勤時穿上全副保護裝備外，完成工作後返抵總部時，首要任務是立即換走身上的保護衣，再穿上另一套新保護衣，目的是要清潔專責運送市民的專車，當中的清洗過程相當仔細；當他們洗完車後，便會再扔掉身上的保護衣，再換上清潔的衣物。

「其實，我們真的算很安全，反觀一些在單車徑站當值的員工，即是負責救護單車的人會危險好多，因為他們沒有這樣的裝備。另外，我們日常走到街上不就更『危險』？」

聽哥說。

聽完聽哥的分享後，讀者們有否感到驚訝？事關他在言談間好像講述「家常便飯」一樣；不過，相信這是前線人員不希望市民在疫下再有多重的擔心，從而徒添憂慮緊張，正如他在訪問期間的一番話：「如果我們這些前線人員不能用平靜的心面對一切，又怎能去援助那些困惑的市民大眾？」

撰稿：Abel、samsontse

圖片：受訪者提供

橙新聞，2022 年 3 月 1 日

救護主任：打敗疫魔靠硬淨！

「要打勝仗，總要有人上前線！」第五波疫情兇猛，不但醫療系統不勝負荷，消防救護人員同樣疲於奔命。迄今已有逾千名消防處人員曾確診或曾被界定為密切接觸者，令前線救護人手十分緊絀。然而，許多救護人員一直堅持在前線奮戰，拯救生命。

救護主任張珏輝主動請纓，從後勤崗位調到前線，肩負起接送確診病人的重任。救護總隊目張博榮確診 7 天後，快測結果陰性，即時重返抗疫「戰場」。戰疫英雄說：「疫戰難打，但愈是困難，我們愈要堅強，夠硬淨才能打贏仗！」

據消防處資料顯示，截至今年 2 月 28 日，消防處共有 1050 名人員確診，當中包括 629 名消防人員、301 名救護人員及 120 名其他職系人員。至於被界定或相當可能被界定為密切接觸者而不能執勤的消防處人員則有 864 人。

想上前線幫手，希望起到帶頭作用

消防處救護主任張珏輝原隸屬於社區應急準備課（CEPD），日常負責向公眾宣傳消防及救護的教育工作，包括使用自動體外心臟除顫器（AED）、推廣消防處吉祥物

張珏輝主動請纓，從後勤崗位調到前線，肩負起接送確診診病人的重任。

及代言人「任何仁」等。此前，張珏輝曾擔任消防及救護學院的教官。他說：「疫情愈來愈兇猛，眼見市民對救護需求真的很誇張，很需要人手，於是我反映想上前線幫手，也希望起到帶頭的作用。」

張珏輝從 2 月頭開始，加入當局以小型巴士等車輛運送非緊急確診病人，到竹篙灣社區隔離設施的工作。他憶述：「因為小型巴士接送確診病人需時較長，例如一次接 10 人，他們分別居於不同地區。有一次在接到一位 30 多歲的男士，約 3 小時後，他說急需小便，初時他都願意忍耐，但過多一個小時後，他可能真的再也忍不住，開始對我和消防員司機吵罵。」

面對指斥，張珏輝耐心回應：「作為救護員，我有責任照顧你們（確診病人）的生理需要，但下車去廁所有一定困難，總不能隨便把你們帶到商場廁所。」張珏輝向該名男士分享了自己也 6 個小時不能去廁所，當他們穿起防護衣，就需完成任務才會去，有時水都不敢多喝。

張珏輝繼續語重心長地說：「這架車上只有我和司機沒有染疫，但我們仍願意冒險接送各位確診者，是真心幫大家，希望大家理解和體諒。講完這番話後，該名男士明顯釋懷了，表示之前發脾氣是因為對前線抗疫人員的不理解，還對我們道歉和感謝。」

最後，張珏輝通報指揮室，在同事的協調下，包括封閉行車通道及廁所範圍，終順利把他帶到黃大仙救護站如廁，事後人員對設施作徹底消毒。這次經歷，令請纓重返前線的

張博榮曾經確診，一度暫時「退下火線」，康復後迫不及待重返救護車崗位。

張珏輝體會到，抗疫期間要加倍耐心照顧病人的生理及心理健康需要，互相關懷及體諒，發揮「疫下人情味」的正能量。

要積極面對疫情，愈是困難我們愈要堅強

消防處救護總隊目張博榮曾經確診，一度暫時「退下火線」，康復即迫不及待重返救護車工作，繼續負責接送病人前往醫院。張博榮憶述：「我上月 19 日做深喉唾液核酸測試呈陽性，知道自己確診後真的很不開心。一方面患病時即使症狀輕微，身體狀態良好，都不能去幫手，白白看着其他兄弟同事辛苦，另一方面是太多確診病人需要我們，少一個人就少一份力量。」

「歸隊」心切的張博榮在家居檢疫的第六及七天，連續兩天快速測試取得陰性結果後，上月 27 日重返前線，甘願繼續擔當抗疫無名英雄。他說：「我們一定要積極面對疫情，解決問題，愈是困難，我們愈要堅強；要打勝仗，總要有人上前線！」

撰稿：葉浩源

大公文匯網，2022 年 3 月 2 日

退休紀律部隊人員毅然走上前線

疫症蔓延時，本港總有熱心人願意走上抗疫最前線，為廣大市民服務，退休紀律部隊成員，就是當中的堅定分子。本港第五波疫情持續擴大，確診個案每日高達逾 3 萬宗，無論是醫療系統還是各個在前線「戰鬥」的公務員團隊，都面臨着嚴重人手不足的情況。在緊急之際，民政事務總署以短期及兼職形式招募 6 個退休紀律部隊人員組成「圍封及強檢專隊」，主要參與圍封強檢行動、在檢測中心支援醫護人員、追蹤密切接觸者，以及派送物資等各項工作，分擔前線人員工作。

參與紀律部隊成員：不懼危險在前線幫助市民

圍封及強檢專隊溝通及協調小組主管陸海豪接受專訪時表示，「第五波疫情來勢洶洶，無論是現職紀律部隊同事還是退休人員，都自告奮勇、不懼危險地在前線幫助有需要的市民，我在退休警隊的群組『吹雞』，在短短數小時內，已有 300 多位退休警察希望為香港做一點事，幫助香港盡快走出困局。」其後，在其他退休紀律部隊群組招募，很快就召集到 700 多名紀律部隊退休同事支援（警察佔 340 多人，消防逾 200 多人，其餘的包括懲教、海關人員等），陸 sir 為他們深感自豪，同時亦感謝香港市民的配合。

退休前為警方港島總區防止罪案辦公室總督察的陸 sir 坦言，退休紀律部隊同事主要參與圍封強檢行動，還會進行在檢測中心支援醫護人員、追蹤密切接觸者，以及派送物資等各項工作。對於有人指摘紀律部隊退休同事是為了「每小時 300 元的時薪」而工作，他希望為他們抱不平，直言「不少退休紀律部隊人員都是生活無憂，他們有不錯的退休金，生活環境富裕，他們的子女很多是高層官員、醫生或律師，根本不需要每日穿著厚厚的保護衣進行高危抗疫工作。」故此，坊間說他們「為錢工作」，對這些熱心抗疫的退休紀律部隊人員，絕對有欠公允。

辛酸非筆墨所能形容

陸 sir 續指，在圍封大廈後，同事們無論是上門拍門，請市民下樓檢測，還是在檢測站疏導人流，都難免會遇到個別不合作的市民，亦有市民不斷抱怨，有的市民在屋企除下口罩不停罵同事，更有市民情緒失控，在坐電梯期間除下口罩向同事吐口水，不少同事疲於奔命，每天工作逾 10 小時或以上，當中苦況，實在非筆墨所能形容，「雖然同事穿著全套保護衣物，但至今已有 12 位同事因工確診，有一些更感染了家人。」

事實上，無論是在職人員，還是已退休的紀律部隊人

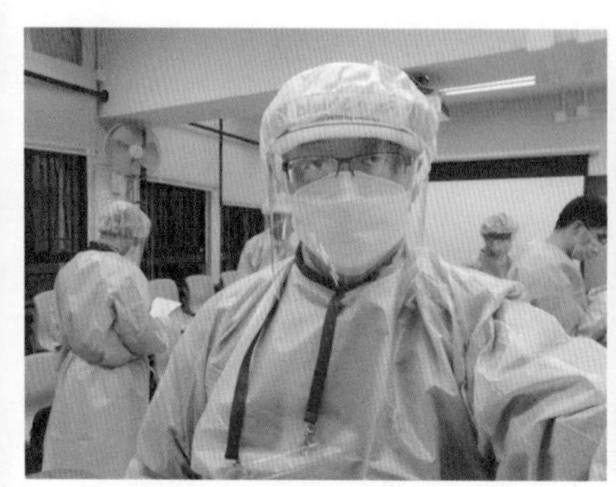

左｜退休前為警方港島總區防止罪案辦公室總督察的陸海豪。

右｜在抗疫最前線，一群退休的紀律部隊人員義無反顧，毅然參與抗疫工作。

士，都不計風險在前線參與抗疫行動，陸 sir 表示他們縱使面對壓力和辛勞也毫無怨言，希望政府能夠加強裝備，分派人手，並給予更大的支援，以支撐及穩定最前線的服務，「我們還要感謝市民對救護人員的全力配合，希望所有人齊心協力，渡過最艱難的時刻！」

撰稿：陳安民

圖片：受訪者提供

大公文匯網，2022 年 3 月 2 日

執手抗疫：
記奮戰在一線的兩對香港醫護夫妻

香港第五波疫情來勢洶洶，單日確診新冠肺炎病例還在上升。香港醫療系統超負荷運轉，一線醫護人員在超高壓力下頑強地堅持、堅守。

「現在差不多有兩成職員確診，而且這個數字還在不斷增加。」已經不知道加了多少次班的屯門醫院急症室部門運作經理陳子中護士只給了記者 15 分鐘採訪時間。在他身後，救護車不時駛過；不遠處的急症室，病患進進出出。

「人手緊張。」記者 3 月 2 日在醫院見到陳子中時，他已非常疲憊。眼看著新冠肺炎患者大量增加，眼看著身邊的戰友一個個倒下，壓力與日俱增。

醫護人員是在戰疫第一線直面新冠肺炎患者的高危人群，陳子中和急症室的醫護們仍然緊守崗位。急症室正常一個班次是 8 小時，但非常時期，哪還有正常上下班？堅持十幾個小時是醫護們的常態。陳子中最期望的就是得到醫院其他部門的增援，盡量協助可以照顧到病人。

壓力還來自對家人的擔心。深切治療部的年輕醫生鄧子霞與丈夫都是醫護人員。她坦言「最擔心的不是我們患上新冠肺炎，而是會害怕傳染給家裏人」。

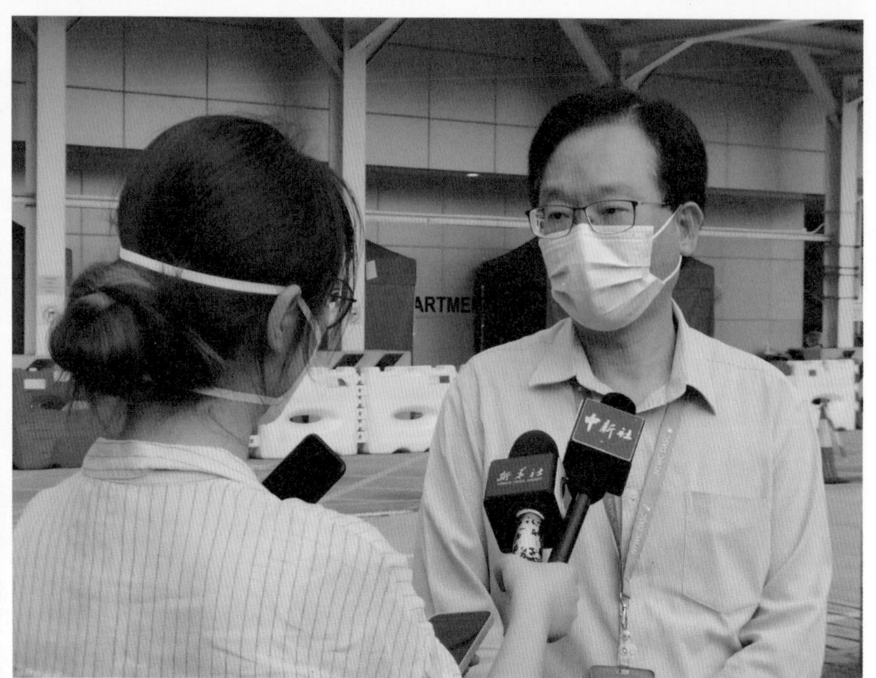

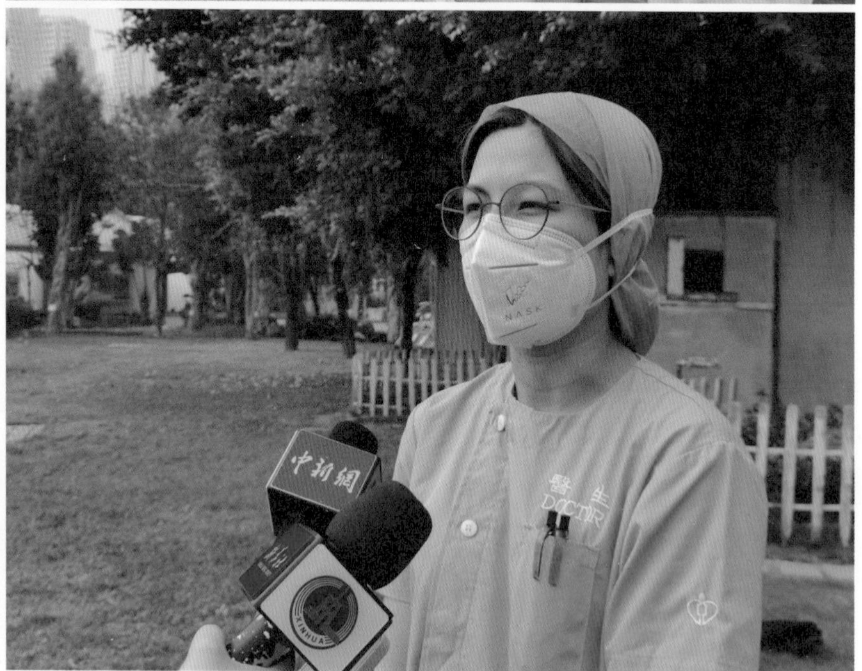

上｜３月２日，香港屯門醫院急症室部門運作經理陳子中接受記者採訪。

下｜３月２日，香港屯門醫院深切治療部醫生鄧子霞接受記者採訪。

為履行醫護職責，她和丈夫已經很久沒有回家了。鄧子霞的先生在急症室工作，每天都要面對數量龐大的病人。鄧子霞說：「我們的爸爸媽媽年紀大了，都有病患，兄弟姐妹有小朋友，我們卻沒辦法回家。」

已在急症室工作了近 28 年的陳子中與他從事醫護工作的妻子有著同樣的感受。他說，做了幾十年護士，沒見過這麼艱難的時刻。「全港醫護人員都很艱難，但大家都互相鼓勵，互相支持。」

醫護為了香港抗疫默默付出，國家和香港社會各界也通過各種形式向他們致意。

陳子中說，醫護都感受到周圍市民的支持，也深切感受到來自國家的支持。「看到很多人為我們唱歌，為我們打氣，我們的心都很暖。」

鄧子霞也說，雖然下班很累了，但看到大家都在支持醫護，「例如社交媒體中，市民們會寫很多鼓勵的話語，我們都感受到了。很多人甚至說想捐物資給我們，真的非常感動」。

對於各界的支持，在感動之餘，陳子中和鄧子霞也希望「大家互相支持，攜手戰勝這場疫症」。

撰稿：梁嘉駿、蘇曉

新華社，2022 年 3 月 3 日

愛心警員：抗疫，人人都可出力

在伊利沙伯醫院站崗的軍裝警員袁嘉威，脫下保護衣準備往第二個崗位接更時，一名護士搬不動新冠病患遺體，防疫裝備單薄的袁 Sir 二話不說即上前與護士及一名職工合力搬抬遺體，這個動作成為傳媒鏡頭下觸動人心的畫面。「伸手幫人的一刻，我不會想感染問題，疫情下更需要正能量，我希望這個小小的舉手之勞，能感染身邊人做好人好事。」

「阿 Sir，屍體太重，可否幫幫手？」在伊利沙伯醫院警崗站崗的袁嘉威，剛脫下防護衣準備離開之際，遇到女護士的請求，他二話不說跟隨女護士走到急症室旁的善別室外，見多具遺體放在地上，他不假思索與女護士及一名職工合力：「一、二、三！」搬動一具又一具，約共 4 具遺體，好讓他們不用陳屍於醫院地上，安心上路。

「幫人嗰刻咁急，唔諗咁多」

然而，袁 Sir 搬動的屍袋外有「新冠患者」的黃色標籤卡，他只穿了一身夏天短袖警察制服，戴著一個簡單口罩，雙手戴了薄薄的藍手套，防疫裝備單薄的袁 Sir 的助人之舉，可能帶來感染病毒的風險：「幫人嗰刻咁急，唔諗咁

感染新冠病毒離世人數趨增，遺體有時未能及時送往公眾殮房。

多」，袁 Sir 淡然地說事後有用消毒噴霧消毒全身，每天執勤前都會做快速測試。

眼見醫院「淪陷」感心酸

隸屬軍裝巡邏小隊第二隊的袁嘉威原來是資深醫院義工，他未投身警隊前已在聯合醫院當了十多年義工，協助帶病人上病房，遞送文件。近三年，他的工作之一是輪更往廣華醫院及伊利沙伯醫院的警崗站崗。袁 Sir 在公立醫院當義工多年，他說現在每日醫院的「淪陷」情景都令他心酸，「來到醫院求診的大部份是老人家，他們身體狀況差，表情痛苦，你想幫又不知怎幫！」

這名愛心警察，每天都在醫院援手，他分享說昨日有位姨姨走來警崗求助找毛氈，為病患家人保暖；大前天袁 Sir 又協助行動不便的伯伯小解，「醫護真的忙到透不過氣，有人躺在擔架、行動不便的患者需要小便，職工孀孀遞了尿壺給他，我見到該名患者站起來都困難，我就攙扶他在場小解了。」

袁 Sir 說他很喜歡幫人，凡事出自內心幫人，不計回報；在生的人他幫得就幫，逝去的遺體亦需要受尊重，好好安放。始終這波疫情滔天，袁 Sir 說：「社會更需要正能量，我希望一個小小援助，能感染身邊人做好人好事。」

撰稿：李雅雯

大公文匯網，2022 年 3 月 4 日

香港一名 90 後核酸採樣員的心路歷程

在香港第五波疫情中，有一群默默無聞的抗疫人員，每天長時間為大批市民採集核酸樣本，她們雖然與病毒的距離很近，但一直堅守崗位，深感工作的重要性，勇敢承擔著「早發現」的職責，今天我們來聽聽一位採樣員的心聲。

24 歲的護士林國芳來到深水埗流動核酸檢測站，穿上全套保護衣、戴上面罩和手套，開始一天的採樣工作。

2020 年底完成護士課程後加入私營醫療機構，林國芳也開始了她的抗疫之旅。過去半年，她一直持續高強度工作，除了白天在流動採樣站，到了晚上，如果特區政府有圍封強檢行動，有時還要去支援。

林國芳表示：「最長十二個半小時，還未加夜晚圍封強檢。試過日間上十二個半小時的班，再加夜晚圍封的話就會很長。這裏早上八點開始工作，平時早上八點開工，晚上八點結束，如果有圍封的話，傍晚六七點出去，凌晨一兩點下班。有時回到家已經不想動，第二天又要八點上班，就會很累，休息時間就會很短。」

林國芳說她平均每天為 300 多人採樣，最多的一次試過一天採 600 人的樣本，在特區政府承認快速測試結果前的一段時間，全港各區檢測站都湧現大量前來做檢測的市民，儘

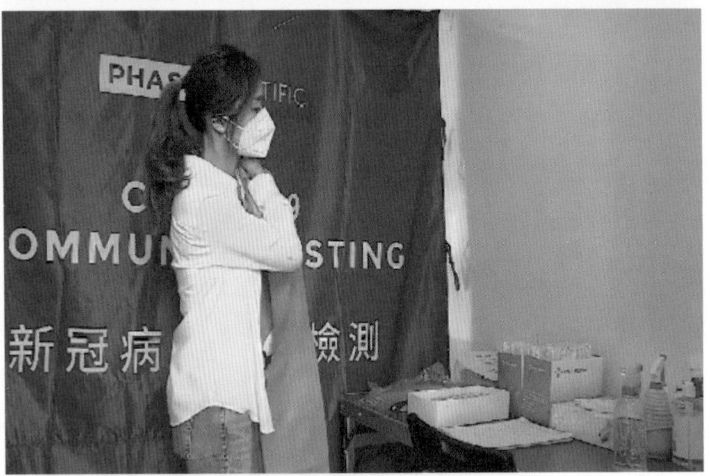

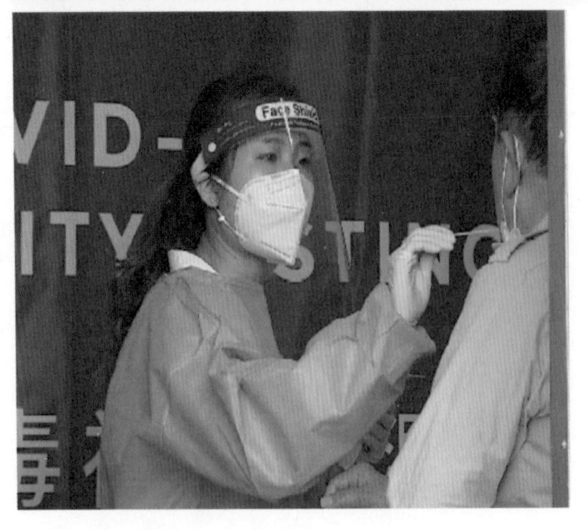

上｜林國芳所在的深水埗流動核酸檢測站不時大排長龍。

中｜林國芳每天上班第一件事就是先穿上防護裝備。

下｜林國芳為市民採集鼻腔及咽喉樣本做核酸檢測。

管林國芳努力工作，希望讓市民盡早得到檢測結果，但有限的人手難以應付激增的需求，一度也感到沮喪。

林國芳告訴記者：「好像怎麼做都做不完的感覺，就會覺得很累。無法縮短排隊人龍，就會覺得很累。始終我們的工作要不停地採樣，手腳都會很痠痛、很累，有時有人發脾氣我們也要受。」

除了辛苦，這份工作也有風險，因為她們是和新冠病毒距離最近的人群之一。「家人有時都會擔心我這份工作的危險性，我跟他們說不用擔心，我有穿齊保護裝備，沒問題。見到市民有時下了班都趕過來，其實他們也是為了拿到一份陰性報告可以上班，或擔心自己是陽性會影響到家人。我們作為採樣員，我們都盡量想快些，幫大家完成採樣讓他們有報告，我覺得很有意義。」

記者了解到，在這裏負責採樣的護士，因為每次喝水都要更換口罩和面罩，為了避免麻煩，她們盡量減少喝水的次數，只是在中午休息、吃飯的時候，多補充一些水分。

要維持檢測站的運作，還有賴主管曾啟聰，人多的時候，他也會到場協助維持秩序，為配合特區政府的圍封強檢行動，常常需要緊急調動足夠人手，

曾啟聰表示：「這座樓約 1200 人，如果安排 4 個採樣員，時間拉長了，萬一超過了強制檢測公告，責任就在我身上，所以壓力一定大。小心安排人手以及地方最重要，因為不想在圍封區以外騷擾其他市民。」

香港抗疫兩年來，無論應對哪一波疫情，他們都是幕後

英雄，穿著全套保護衣，戴著口罩和面罩，外人不知道他們的名字，但正是他們，默默地守護著這座城市。

撰稿：冼志

鳳凰衛視，2022 年 3 月 16 日

形容疫情如同馬拉松，伊院護士誓全力以赴接力跑完

香港第五波疫情嚴峻，伊利沙伯醫院已轉為專收新冠重症患者的定點醫院。伊院骨科部門運作經理黃健儀接受中新社採訪時，形容她和同事將抗擊新冠疫情視為「接力」，為此全力以赴。

黃健儀在伊利沙伯醫院工作超過 30 年，負責管理 9 間病房，轄下員工超過 400 人。現時她每朝醒來第一件事是按熄鬧鐘，拿起手機查看前一晚有無重要錯過工作訊息，第二件事便是馬上查看醫院急症室有多少滯留病人。

黃健儀形容，這兩年多工作的變化「翻天覆地」。她轄下的病房有 3 間在疫情初期已轉為隔離病房，如今除 1 間病房因性質特別而維持原狀外，其餘病房已全部轉為接收新冠患者，共涉及約 200 個床位。她所在的骨科部門原來專收創傷病人，對接收內科病人相對較陌生，但同事都「義無反顧」，很努力參與救治工作。由於男病床需求大，從未照顧過男病人的婦產科，也已將病房改為男性新冠病房。

令黃健儀很感動的是，在定點醫院接收新冠患者的首晚，團隊所有同事均自發加班留至凌晨零點，因為大家都知道夜晚只有當值護士不可能完成接收那麼多新症的任務。黃

伊利沙伯醫院改為新冠定點醫院後，專用病房改裝完成。

健儀說，他們的鬥志很高昂，尤其在轉為定點醫院後，大家都朝着希望所有新冠患者得到適切治療這個共同的目標而努力。轉為定點醫院後，這輪最後 2 間病房的改裝和其後接收新冠病人的整個流程均較兩週前剛開始時快了很多，4 至 5 小時已安頓好 60 名患者。

最讓黃健儀難過的是一些病人離世。疫下醫院不設探訪，醫護就盡量通過電話和視像與家屬溝通病情，若病人臨終，會盡量安排恩恤探訪。穿着全套保護衣的家屬或只能通過玻璃窗遠望患者，此時醫護會將平板電腦擺到病人耳邊，供其聽取家人的道別。黃健儀說，以前未必想過會用視像，但現在都用盡所有方法，希望病人家屬不會留有遺憾。

在黃健儀眼中，表面上是護士幫助病人，但實際上反過來「是病人在支持我們」堅持下去。她說，在為病人打針或翻身時，護士們常會和患者簡單閒聊，有時病人還會讚揚護士幾句。

黃健儀說，在疫下高壓工作中，同事們做了很多以前未曾想過之事，忍耐地過着很不尋常的生活，而她自己也強烈感受到，如此工作是為了全港市民的健康。雖有同事因染疫而暫離崗位，但黃健儀形容：疫情好像馬拉松，未必每個人有能力跑全馬，但過程中有人接力，總有一日我們會跑完。

撰稿：Ivy

圖片：資料圖片

大公文匯網，2022 年 3 月 16 日

高牆鐵幕下，
懲教人員守護確診囚犯生命健康

香港第五波疫情大爆發，連與外界隔絕的懲教所也淪陷，多達 1000 多位在囚人士確診，成為疫情重災區。由於確診的在囚人士難以送醫隔離治療，懲教署只能自救。懲教人員成立抗疫專隊，冒著感染風險堅守崗位，守護每一位在囚人士的生命健康。

懲教人員化身醫護，曾一人看護 90 名確診在囚人士

張泳嘉才剛被派駐懲教所執勤滿半年，就遇上香港第五波疫情，與外界隔絕的懲教所也淪陷。要在出現大量確診病例的環境下工作，張泳嘉坦言，與當初所想的工作狀態落差很大。

在家人的理解和支持下，張泳嘉進入了抗疫的最前線，加入第一批抗疫專隊。在初期，張泳嘉曾一個人看管約 90 名確診在囚人士。

張泳嘉說，剛開始最大的難題是，要獨自管理在囚人士的秩序，要在醫生的指示安排下，派藥給有需要的在囚人士，以及處理在囚人士的情緒。

「在知道我自己感染後，我希望盡快康復重返崗位，和同事一起打拼。」

香港第五波疫情確診數量呈幾何式暴增，使醫療體系瀕臨崩潰，醫院難以再接收確診的在囚人士，懲教所只能自救，將牢房變為病房。懲教人員都冒著感染風險，還得兼負起醫護人員的工作，壓力倍增。

胡毅強也是在懲教所抗疫前線的一員。他在懲教系統有 25 年在職經驗，也曾經歷過非典時期。他坦言，眼前所見的疫情情況前所未見。

在懲教所抗疫期間，胡毅強自己也確診了，而他表示，要趕快在身體康復後，重回工作崗位。他說，其實當我知道自己確診的時候，我也不太清楚自己是在哪裏被感染

懲教所抗疫人員胡毅強。

的。但在我感染後，我只知道，我希望可以盡快康復，重新投入前線，和我的同事一起打拼。

胡毅強表示，這樣的疫情自己從來沒見過。在 2003 年非典時期，從來都沒有一個感染個案進入到懲教所，但現在，持續有一些個案發生在懲教所內部。但他表示，幸運的是，懲教所有一些及時的措施，暫時能控制疫情，令疫情處於一個穩定的水準。

懲教署 3 月 2 日公佈的資料顯示，共發現約 1000 名在囚人士確診，懲教人員也有過 1000 人感染。每天有大量職員因確診或密接無法上班，嚴重影響到懲教署的日常運作。

而懲教人員們齊心協力、通力合作，都期盼能早日渡過疫情難關。在疫情當下，懲教人員堅守崗位，用行動證明，每一條生命都同樣平等和重要。

撰稿：林秀芹

鳳凰衛視，2022 年 3 月 18 日

「氣球大夫」和檢測「戰士」的香港抗疫故事

兩個條狀氣球，一紅、一綠，陳諾文醫生以一雙巧手擰了幾下，不到一分鐘，就變成一枝栩栩如生的「玫瑰花」。

新冠肺炎疫情在香港爆發已一年有餘，確診案例始終未能「清零」，抗疫形勢依然嚴峻。由於香港所有新冠肺炎確診患者都集中在公立醫院和社區治療設施治療，一線醫護人手短缺，身心壓力倍增。

身為其中一員，陳諾文在與同事們並肩抗疫的同時，決定多做一點。

去年 3 月至 5 月，他組織一群志同道合的朋友手工製作了多款造型可愛的氣球贈送給醫護同仁，並在其任職的東區尤德夫人那打素醫院（簡稱「東區醫院」）專門設立了大型氣球擺設區。在疫情陰霾下，色彩繽紛的氣球牆為大家帶來暖意。

「氣球大夫」為抗疫打氣

「我沒有想過會花多少時間，只是剛好有人提出向醫護人員贈送氣球，我就想不如把它做大！」陳諾文說，他與十多位擅長手工製作的朋友分工合作，花了一晚上的功夫製作出顏色鮮豔、用作堆砌氣球牆的各種組件，掛上了各款醫生護士造型的氣球，為醫院的公共空間換上漂亮新裝。

這一精心之作成了院區的「打卡」熱點，醫院同事們紛紛以氣球牆作背景，拍攝體操、舞蹈示範等視頻，彼此鼓勵在抗疫期間多做運動，保持身心健康。如此熱烈的反響，令陳諾文意想不到。

陳諾文是東區醫院的兒童及青少年科副顧問醫生。之前，為了拉近與小患者的距離，陳諾文不時親手製作氣球卡通玩偶送給他們，因而練就純熟的氣球「手藝」，被小患者們親切地稱為「氣球大夫」。疫情爆發後，他總想看看有什麼地方能幫得上忙，為抗疫加油。沒想到，氣球「手藝」就這樣派上了用場。

在疫情下，每家醫院都會組成抗疫小隊，負責照顧入住隔離病房的確診患者。由於感染風險高，加上最初大家對新冠病毒的認知非常有限，所以醫護人員對此也有顧慮。然而，陳諾文自告奮勇，主動報名加入抗疫小隊。

「我從醫的日子比較長，希望起一個帶頭作用，讓其他年輕的同事放心到隔離病房工作。」陳諾文回憶說，2003年香港爆發「非典」期間，他還在私立醫院工作，沒太多機會接觸確診者。這一次，他迫切地要為抗疫多出一份力。

疫情期間，陳諾文從普通病房走進隔離病房，又到社區治療設施和檢疫中心，在不同崗位擔起抗疫重任。只要是有需要幫助地方，他都會毫不猶豫地伸出援手。

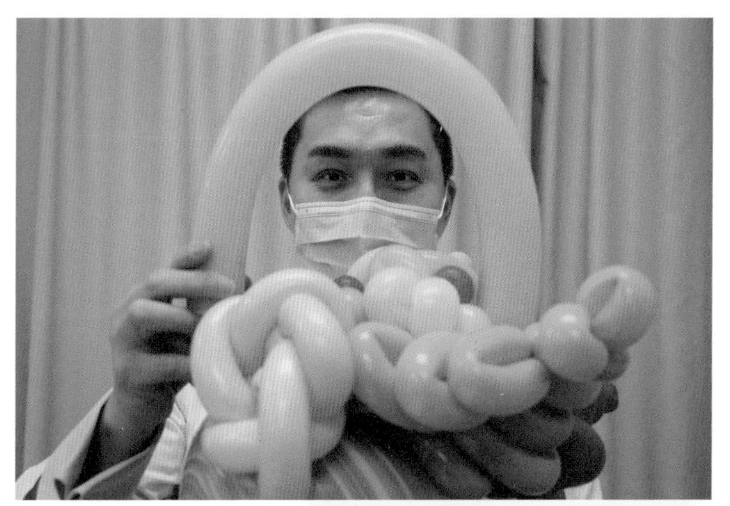

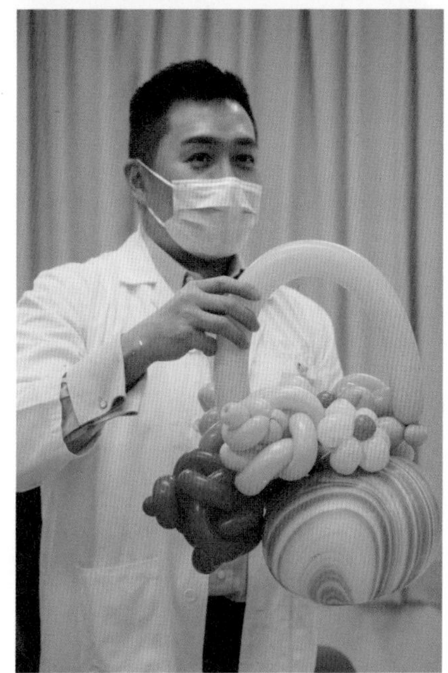

在香港東區醫院，「氣球大夫」陳諾文醫生展示他製作的氣球花籃。

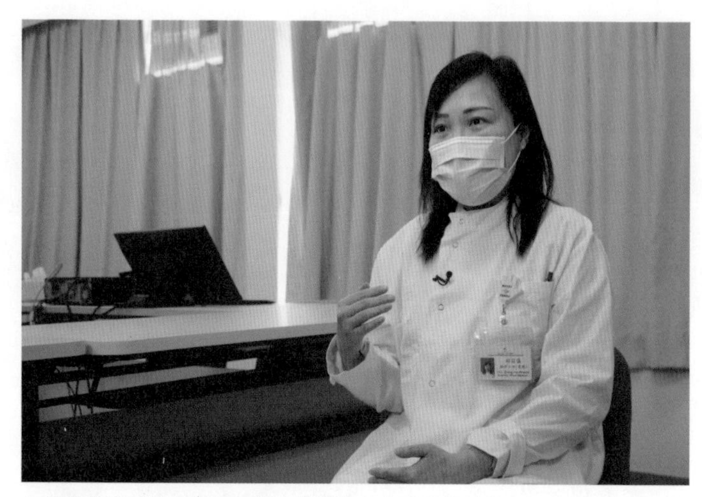

在香港東區醫院，港島東醫院聯網臨床病理學部科學主任（醫務）邱莊儀接受新華社記者專訪。

檢測「戰士」分秒必爭

每個懷疑病例在確診之前都必須經過檢測，若是陽性，醫生便趕緊為患者制定治療方案，衛生部門也隨即展開追蹤密切接觸者。在這場生命保衛戰中，檢測人員分秒必爭，用最快的速度提供準確的檢測結果，他們面對的壓力絕不亞於一線醫護。

港島東醫院聯網臨床病理學部科學主任（醫務）邱莊儀正是這樣一位檢測「戰士」。

去年 2 月的一個晚上，剛下班回家、正在吃晚餐的邱莊儀接到通知：一家公立醫院出現一宗懷疑院內感染的新冠肺炎病例，需要她馬上返回工作崗位處理檢測樣本。她二話不說，丟下碗筷，從位於九龍的家直奔位於港島的醫院分子病理學化驗室。

回到化驗室後，她發現相關樣本沒有趕上專門運送樣本的班車，她立即通過部門主管跟司機聯繫上，司機當機立斷立刻折返。「當時是疫情初期，還沒有快速測試，一個樣本要等三四個小時才有結果。」邱莊儀說，「要等待下一趟車，肯定會延遲檢測結果。」涉事的律敦治醫院就該疑似病例暫時封鎖相關病房。當時她一心想著檢測結果能早點出來，醫院就能快些恢復運作。

凌晨時分，檢測結果終於出來，證實是陰性，大家才鬆了一口氣。

「內地率先在國際資料庫裏公開病毒基因圖譜，各國科學家才能據此製造檢測試劑，大大加快檢疫速度。」邱莊儀說。目前，香港公營醫療系統採用核酸檢測方法進行新冠病毒檢測，效率已大幅提升，最快約 48 分鐘能出結果。

期待駛出疫情「山洞」 重見光明

香港的公立醫院、診所等由香港醫院管理局統一管理，並劃分為 7 個醫院聯網。邱莊儀任職的化驗室日常負責處理港島東聯網醫療機構的各種化驗項目，疫情爆發之後，還要額外承擔新冠病毒檢測工作。「這對我們來說是一個不小的挑戰。」邱莊儀說，化驗室同事原本每天朝九晚六上班，自疫情爆發以來，變成了 24 小時輪值。然而，大家不僅沒有半句抱怨，工作熱情更有增無減。

一天晚上 9 點多，邱莊儀走進化驗室，看見早該下班的同事仍在埋頭苦幹，勸其早點回家，同事說，「我想盡量多做一會兒，讓接班的同事輕鬆些。」

對於行醫經驗豐富的陳諾文來說，這次疫情中也遇到令他感觸的場景。一位從英國返港的少年確診者，將病毒傳染給了家人，一同被送往隔離病房治療，期間父親病情危殆，令少年自責落淚，幸好最後全家康復出院。

去年 12 月，一群熱心醫護自發編著了一本書，記錄了他們抗疫的心路歷程。陳諾文的這段經歷也記錄在其中。「我們希望通過這本書讓市民大眾了解不同崗位醫護人員的工作，讓他們放心，有一群熱忱可靠的醫護人群正全力守護著市民的健康。」陳諾文說。

目前香港疫情尚屬平穩，在抗疫「新常態」下，社會運作逐漸恢復。邱莊儀形容，抗疫就像坐上了一列火車，每當出現群組爆發，就如列車進入了黑暗的山洞。「我比較正面，總懷著希望，當列車駛出山洞，很快就會見到光明。」她說，期待著「清零」的日子早日到來，大家脫下口罩，開懷暢談。

撰稿：張雅詩、林寧

新華社，2021 年 3 月 21 日

港病房護工：
「護」高危長者 「工」疫情之艱

香港第五波疫情形勢嚴峻，醫療系統告急，醫院內除了連日奮戰在急症室的醫護人員徘徊在危險邊緣，其他照顧著普通病患的科室也面臨著巨大挑戰。蔡富安是香港博愛醫院的一名病房助理，他所服務的科室，是內科及老人科，科室內都是第五波疫情之下的高危易感人群。他說，隔壁的女性病房內，16 位長者中有 10 位感染新冠病毒，其中 1 人離世。雖然並不是直接照顧確診病患，但疫情來勢洶洶，他和同事也難免觸險。

「我有一次在病房看到，原本編排 8 到 10 個護士上班，但是最後只有 2 個護士守崗位，其餘那些護士有的確診，有的是家裏人確診，自己變成緊密接觸者離開崗位」，蔡富安說。

人手短缺、風險加劇，卻讓蔡富安和在崗的同事們，更加無法對病人棄之任之。他表示，「工作量大增，有些工作我們只能是盡力去做，沒辦法不做，因為我們日常工作就是照顧病人，你不做，病人要吃東西沒人餵，難道他不吃東西嗎？不可以讓病人挨餓，不可以不幫他處理大小便、不可以不給他吃藥啊」。

上｜博愛醫院病房助理蔡富安。

中｜博愛醫院。

下｜中央援港醫護人員。

飲食起居、身體護理，每一步都繁瑣又考驗耐心。但這樣的工作，蔡富安一做就是 13 年。面對疫情挑戰，他仍然選擇繼續堅持。「其實我們做了十幾年，我們常常都說，沒愛心是沒辦法在醫院工作的，你沒愛心，覺得病人很煩、很慘，你只會一直想要下班，這怎麼能做好呢？我們照顧員或醫生、護士，都一定要對這份工作有熱忱、有愛心」，蔡富安說。

雖然不知道疫情會在何時結束，但看著中央援港醫護人員陸續抵達香港，蔡富安就知道，沒有打不退的疫情。蔡富安的聲音滿懷希望，「幸好現在有內地、國家支援我們，現在不斷請內地的照顧員、醫生、護士來幫我們。一見到內地醫護、那些照顧員過關的新聞，我就很感動，因為我們在世界上叫「疫區」，但他們是不怕犧牲過來幫我們，我們當然要有信心！」

撰稿：王金璐

鳳凰衛視，2022 年 3 月 28 日

第二篇

仁者無懼

香港抗疫義工：點點微光　匯聚星河

2 月 23 日的香港陰雨連綿，正值入冬以來最冷的日子，氣溫低至 9 攝氏度，陣陣寒風裹挾著雨滴撲面而來。

在柴灣的一家護老院門口，義工陳凱榮和傅順芳在風中略微吃力地把裝滿防疫物資的紙箱一箱又一箱地從車上搬運下來。身著防護服，戴著兩層口罩，這套「防護裝備」給他們的行動增添了些許負擔。在和護工短暫交流後，他們又匆匆上了車，奔赴下一個目的地。

「這是我們二月以來第二次給這家護老院派送物資了。」陳凱榮邊說著邊搓了搓有些冰涼的雙手。

疫無情，人有情

「1 月 23 日晚上 8 點多，我正在家裏看電視，有些睏意。手機裏突然收到朋友轉發的一條消息，內容是『香港新增 140 例新冠肺炎確診病例，創第五波疫情爆發以來單日新高』，我瞬間清醒。」陳凱榮說。

「香港怎麼了？前一天不是才只是新增 25 例嗎？不是大半年都沒有本土病例了嗎？」陳凱榮說， 那間，腦海裏充斥著各種各樣的疑問，焦慮、不安、害怕也順勢湧上心頭。

農曆新年過後，疫情進一步惡化。單日新增感染病例呈幾何式增長 …… 突如其來的新一波疫情，打亂了香港市民的平靜生活。

「大年初一那天傅順芳問我，這波疫情這麼嚴重，我們的義工工作還繼續嗎？我思考了一下，回答說『繼續，我們自己要做好防護，義工工作也不能停下』。」陳凱榮說，傅順芳秒回了三個字：「我支持」。

作為兩個義工團隊的領隊，疫情發生兩年多來，陳凱榮一直堅持定期組織義工上門為獨居老人和其他需要幫助的市民派送防疫物資，解決燃眉之急。兩年來，兩個團隊幫助了逾千戶居民。

每一次走訪，都讓義工們更了解這座城市的基層情況。「所以雖然我們對這波疫情很恐懼，但是疫情越嚴峻，我們就越清楚現在社區裏還有很多人急需幫助。我們義工參與進來，就多一份抗擊疫情的力量。」傅順芳說。

凝心聚力抗疫

「我最初也猶豫過，因為香港的第五波疫情發展迅猛，到一線做義工意味著面臨更大的風險。」陳凱榮很擔心大家會害怕，擔心沒有人會願意在這個時候繼續出來做義工。

然而，當他嘗試著把任務發送到群裏之後，義工們的積極和踴躍瞬間將他的顧慮一掃而光。

「每一次在群裏發義工任務，報名的人數總是遠遠超過實際需要的人數。」陳凱榮說，有的義工一直沒有輪到，甚至還「私下求情」說下次一定要安排他們。每當需要人手幫忙包裝防疫物資的時候，群裏總是「一呼百應」。

隨著義工工作有序開展，團隊裏的「新面孔」也越來越多。「有一些新加入的義工是我們之前幫助過的人，有一些則是和朋友打聽來的。」陳凱榮說。

義工團隊也收到越來越多來自社會各界的愛心：3000 瓶搓手液、5000 隻口罩、10000 個快速檢測試劑盒⋯⋯越來越多的機構和市民找到陳凱榮帶領的義工團隊，希望提供防疫物資，請義工們盡快將物資派送給需要的人群。

我們守護的是親人和家園

陳凱榮的辦公桌旁，掛著一個小珠子串起來的愛心掛件，格外醒目。他說，每當看見這個掛件就會特別暖心。

疫情期間，陳凱榮和其他義工經常去給 85 歲的獨居老人嬋姐派送物資。「有一天再去派送物資的時候，嬋姐親手將一顆一顆米粒大小的小珠子串成愛心掛件送給我們，她說『你們有心，我也有心給你們』。」陳凱榮說著，臉上洋溢著幸福的笑容。

「90 後」金融行業從業者胡汶軒回憶起 2 月初和其他義工在街上給市民派發防疫物資的場景，他說：「很多市民領到物資後，不僅一直對我們表示感謝，還反覆叮囑我們一定要注意防疫、注意保暖。回到家後，還有市民給我們發來感謝短信，字裏行間都透露著對我們的關心與愛。」

「有時候確實是挺累的，但做義工是一件幸福感遠遠超過疲憊感的事情。」傅順芳回想起疫情不嚴重的時候，他們上門給獨居老人派送物資時還會和老人聊上一會兒。看到他們家裏的燈壞了，義工會盡快買來燈泡給他們換上；看到有的老人因為手機操作問題急得犯愁，義工會花一兩個小時耐心地幫助他們解決問題；看到有的老人因為疫情感到焦慮，義工也會給予他們安慰，幫助他們舒緩情緒。

「困難面前，每一個人都不容易，我們能多做一點是一點，因為我們守護的是親人和家園。」傅順芳說。

「一個人的抗疫力量是渺小的，但我們無數普通人的防疫『微光』，卻可以匯聚成巨大的抗疫『星河』。」陳凱榮說。

撰稿：黃茜恬

新華社，2022 年 2 月 27 日

師奶兵團無懼疫情　檢測站做義工

第五波疫情非常嚴峻，早前各個檢測站排長龍的場面令人震驚，除了檢測人士飽受輪候之苦，其實人群當中還有一批不問酬勞，為這個疫情默默付出的義工，他們並非專業人士，亦沒有特別技能，只是一個個平凡師奶，無非希望在香港這個艱難時期，貢獻自己微薄的力量。

平凡師奶義不容辭當義工　「希望發放更多正能量」

「身為香港市民，不知有甚麼可以幫忙，惟有盡綿力，希望發放更多正能量」。退休家庭主婦好姨身穿全副保護衣，在西環石塘咀市政大廈檢站站人群中穿梭，既要維持秩序，又要解答市民的問題，雖然工作繁忙，但在面罩及口罩下，總見好姨帶着笑面，對市民繁瑣的問題，亦耐心一一解答。

自言只是個平凡師奶的好姨，當日獲悉區內組織義工隊，雖然要在檢測站工作，她亦義不容辭參與，原因只是出於想為香港做點事。不過由 2 月 10 日「落區」至今，令她印象深刻的卻是香港人暴躁及心急的一面，因為這段時間剛好區內有多幢大廈需要強檢，「尤其第一、二日，數千人甚至過萬人湧來（檢測站），場面非常混亂」，不少人因為等候太久而大吵大鬧，要她們耐心解釋。「有些人很心急，一班人湧入，互相推撞，我就提醒他們要保持社交距離，不要逼得太貼，始終會輪到，只要持有籌就一定可輪候到」。

屢遇頑固暴躁市民　憑耐性化解

好姨退休前任老人院保健員，由於每日面對老人家，所以對於一些疑似有病徵的輪候人士特別留意，令她印象深刻的是一個個案，當時對方已表現得身體不適，流着鼻水，但他仍堅持檢測。由於中心章程已經說明，發燒、流鼻水、喉嚨痛或本身不適要服藥人士，都不能排隊檢測，於是她要求對方求醫及病癒後，再前來檢測，但對方堅決拒絕，「佢愈講愈激動，仲話入到去（檢測）唔係有人畀藥我食咩？」好姨惟有盡力解釋這裏並非醫院，亦沒有醫生診症，最後費盡唇舌，對方才願意離開。

好姨不諱言，做義工不止不能求回報，更隨時面對指罵，「唔鬧已經偷笑，這是良心話，有些人認為做得義工是應份的」。面對一些麻煩人、麻煩事，她惟有在心態上自我調節。「何必跟他們一般見識，他暴躁你不要暴躁，激唔死人反而激死自己，何必跟他們衝突，對方不明，自己明就得」。

不過隨着疫情愈趨嚴重，加上全民檢查即將開展，她相信未來需要更多義工，希望其他人若時間許可，都可加

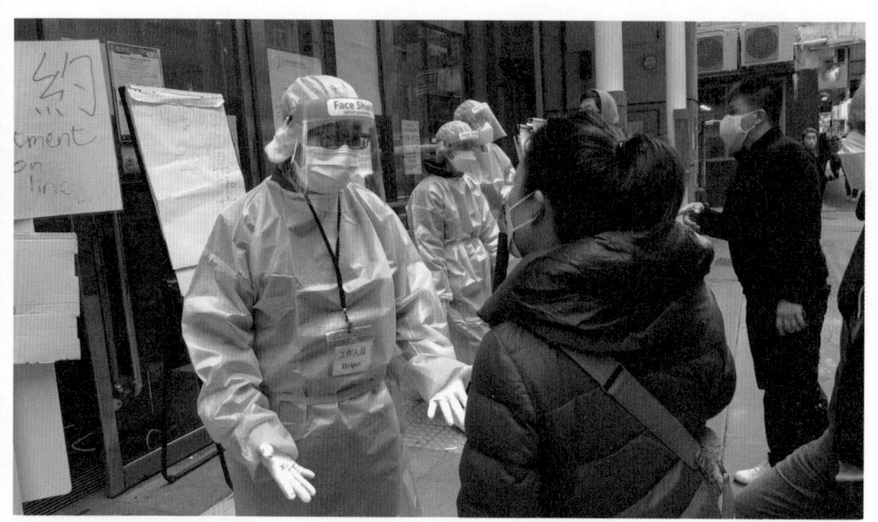

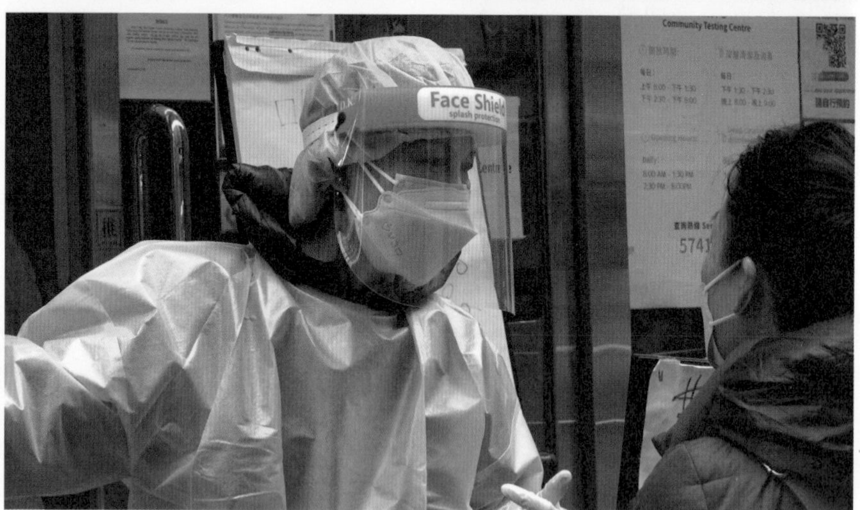

上｜好姨於 2 月 10 日開始在石塘咀市政大廈檢測站工作，她希望在疫情大爆發下，盡自己力量幫助社會。

下｜紅姐在檢測站做義工一度遭家人反對，但最後在她的堅持下，終獲家人諒解。

入其中。

希望在疫情下作貢獻 「如果每個人都唔肯做義工，就無人做」

在檢測站工作每日要接觸大量人流，家人擔心受到感染是可以理解，另一名義工紅姐就一度遭家人反對，「開始有擔心，後來給他們解釋，如果每個人都唔肯做義工，就無人做」。她又以醫護人員作比喻，「醫護人員一樣辛苦，如醫護人員亦不做，病人無人救點算，所以我哋要行出呢一步」。

在第五波疫情前，紅姐近兩年已經在空閒時間做義工，而且大多以抗疫工作為主，服務包括送物資給區內長者，她直言做義工令她感到非常有意義，尤其是抗疫工作現時對香港非常重要，「好多人因為呢個疫情無工開、失業、經濟陷入困難」。她希望疫情盡快過去，大家生活可回復正軌。

地區人士：公務員與義工間有互補作用

協助組織義工隊的地區人士楊學明指，面對這股疫情，其實很多香港人都希望出一份力量，但又未知有何途徑可以協助。

他認為，其實簡單如在檢測站維持秩序，已經是幫公務員一個大忙，因為公務員人手始終有限，稍後全民檢測開始，所需人手一定更多，而義工隊與公務員間亦可互相發揮作用。公務員或學校老師、專業人士等，在執行維持秩序工作會較嚴謹、較理性處理；而對於地區或非政府機構義工，排隊人士獲知他們是沒有報酬的義工，情感上會較守規矩。

撰稿：Mars、CK Li
橙新聞，2022 年 2 月 28 日

內地生在港做義工：「能幫一個是一個！」

「疫情之下，幫助他人就是幫助自己，因為我們同呼吸。」安順是在香港浸會大學金融系讀大三的內地學生，香港疫情爆發後，他選擇留下來，並加入了香港青島同鄉聯誼會的「青年抗疫突擊隊」，成為一名義工。

安順住在學校本科生宿舍，還是宿舍的一名「非本地生學長」（Non-Local Mentor），主要負責其所在的宿舍二層的十幾名內地同學和外國同學的工作，同時發揮幫助非本地同學和香港同學之間溝通的作用。「我要確保我所負責的同學們在疫情下的香港不是孤立的，是有依靠的。」安順希望自己能履行好自己的職責。

從核酸檢測、健康驛站，到入境申報、健康碼申領，安順幫着手足無措的學弟、學妹們辦理返回內地的程序。他今年已經去了四五次機場，把學弟學妹們送上回家的航班。安順還幫他們做一些收尾工作，將帶不走的物品存箱保管，清理宿舍。

春節之後，宿舍陸續有同學確診。安順來自山東青島，他把宿舍情況告知香港青島同鄉聯誼會會長董瑞婷。「有需要，儘管講！」董瑞婷的回覆給安順吃了一顆定心

上｜香港理工大學博士張浩（右一）正在搬運來自青島的抗疫物資。

下｜香港青島同鄉聯誼會的「青年抗疫突擊隊」為在香港大學就讀的學子們送去愛心抗疫包。

丸，「青年抗疫突擊隊」成立時，安順報名成了一名義工。

麥斯韋是香港青島同鄉聯誼會青年分會的會長，也是此次「青年抗疫突擊隊」的隊長。他於 2005 年在港求學，現已在港工作。麥斯韋告訴記者，青年分會多為內地在港讀書的學生服務，他們的需求也最迫切。「請幫幫孩子們！」遠在青島的家長們也對同鄉會表達了急切的請求。

2 月 19 日，「青年抗疫突擊隊」冒着春雨出發了。一天之內，麥斯韋與副會長郝小添前往香港大學、香港理工大學、香港浸會大學、香港科技大學以及香港中文大學，為學生會員和他們的同學們派送了快速檢測盒、愛心抗疫包。「快速檢測盒在香港是特別緊缺的，心裏真的很感激也很振奮。」安順負責接收同鄉會的抗疫物資，並分發給有需要的同學。浸會大學的王藝淳收到快速檢測盒後留言：「身在異鄉卻倍感溫暖，在肆虐的病毒中多了一層安全保障，滿滿都是放心和感動。」

「香港本地同學非常關心我們宿舍的情況，有同學確診後，他們每天給帶飯、帶水。」安順告訴記者，還有學弟、學妹將快速檢測盒、連花清瘟膠囊等防疫物品放在確診同學的宿舍門口。「面對疫情，內地學生、香港學生還有外國學生更加團結，大家互幫互助。」安順說，疫情也拉近了同學之間的情誼。

張浩是在香港理工大學讀博士的山東籍學生，看到來自青島捐贈的 100 多箱 N95 口罩和防護服，他笑着用「久旱逢甘霖」來描述自己的心情。「這是來自家鄉人民的關愛，瞬間被這種溫暖所包圍。」張浩告訴記者，作為「青年抗疫突擊隊」的義工，他參與了這批物資的接貨、搬運工作，雖然大汗淋漓但大家臉上都洋溢着幸福的笑容。

「既然已經選擇留在香港，那就盡可能地去幫助到身邊的人。」張浩說，當疫情開始惡化的時候，一個人的防禦是沒有用的，不如大家一起做一些有用的事情。他把家裏寄來的 2000 多個消毒片分發給同學，一起做好宿舍環境的消殺工作。

郝小添去年博士畢業後留在了香港，作為「青年抗疫突擊隊」一員，他與麥斯韋還為同鄉會的鄉親們採購日常物資，並送至樓下。「能幫一個是一個，讓更多人在這段嚴峻時期過得好一點。」郝小添如是說。

撰稿：丁春麗

圖片：受訪者提供

點新聞，2022 年 3 月 3 日

「我哋市民需要你」成動力
地區工作者確診留家不忘處理求助

本港確診個案每日數以萬計，眾多患者無法即時安排送院，被迫要居家隔離。政府支援不足，幸好有不少熱心社區人士伸出援手，令患者渡過難關。自第五波疫情爆發以來，民建聯中西區支部副主席楊開永便默默在地區支援確診者，他廢寢忘餐協助區內確診者，逐一為他們送上抗疫及生活物資，解答疑難，而他最終亦染疫，但在居家隔離期間，仍然不忘協助患者，統籌派送物資，只因「能夠幫到人的確好開心」。他說，街坊簡單一句道謝，都是他堅持走在抗疫前線最大動力。

中招後基本上「自己顧自己」

楊開永接受《橙新聞》視像訪問當日已是確診第五日。他說，已向當局呈報，但沒有人聯絡他，他致電熱線，屢次撥打也沒有人接聽，基本是「自己顧自己」。之前他處理確診者求助個案時，已聽聞過類似情況，「有人更滯留十日八日」，但今次親身感受到這種無助。他慶幸「喺區內服務多年，你幫過人，人哋都會幫返你，兄弟街坊紛紛幫手送上物

上｜楊開永到確診者居所派送抗疫物資，提供支援。

下｜楊開永奔走在抗疫前線，廢寢忘餐處理求助個案。

資、藥物，推介中醫等」。

地區人士走在抗疫前線，遊走不同大廈，為確診者提供支援，難免令自己暴露在感染風險之中。楊開永也有採取預防措施，每日做快速檢測，穿好全套防護裝備才上門派送抗疫和生活物資，並避免與確診者接觸，僅靠手機聯絡。他坦言不知道自己今次感染途徑，幸而他接種了 3 劑疫苗，確診後病情不算嚴重，「而家都無咩嘢，冇咗喉嚨痛、流鼻水，精神唔錯」，在家居隔離期間能夠繼續服務中西區街坊。

朝早七點到深夜都收到確診者求助

他說：「我呢幾日每日都接到十幾個確診者求助個案，有啲一早 7 點就傳短信嚟，有啲深夜傳嚟，我統籌咗名單之後，便請其他支部兄弟幫手上門派送物資，（民建聯立法會議員）陳學鋒都幫過我手攞物資畀求助確診者。」

這一波疫情來得急，來得猛，踏入 2 月後一發不可收拾，服務地區已有十多年的楊開永首次體會到社區存在恐慌情緒，接獲確診者求助個案與日俱增，近日中西區每日也收到約 50 個求助，而政府支援不及，信息欠明確，亦令確診者焦慮疑惑，增加不確定性。

「之前有對 30 幾歲夫婦確診，遲遲冇得安排隔離，佢哋有個一歲嘅小朋友，對夫婦好驚會傳染畀小朋友，喊晒口唔知點算。他們又擔心如果要去隔離，小朋友又無人照顧。當時我提供咗醫療防疫資訊，教佢哋點樣保護小朋友，安撫佢

楊開永積極籌募抗疫物資，協助弱勢社群抗疫。

哋情緒，又上門派發抗疫同生活物資，最近聯絡番，兩夫婦已痊癒無事，小朋友都無受感染，我都覺得開心。」

楊開永稱，自己也有一個半歲大的兒子，對於兩夫婦的擔心，感同身受，「大人最驚病咗惹到家人同小朋友，我哋希望針對需要提供到幫助」。

街坊徬徨無助令人難釋懷

楊開永處理過眾多確診者的求助個案，他透露還有一個居於觀龍樓的三代同堂家庭求助個案令他印象深刻。「70 歲老夫婦與兒媳分開住兩個單位，兒媳同兩個十多歲孫全家確診，老夫婦住另一單位，只有丈夫確診，全部患者居家隔離。兒媳好緊張照顧唔到個父親，打嚟求助，佢哋徬徨無助，好緊張問『點做』嘅心情，真係令人深刻。我都提供咗醫療資訊畀佢哋，提醒長者有事一定要打 999，並且上門派抗疫包同食物，佢哋最終都無大礙。」

從事地區工作多年，也曾擔任中西區區議員，楊開永從來都是竭盡所能，服務街坊。「我覺得幫人好有滿足感，幫得到都盡量去做，而街坊多謝肯定，更係好大鼓舞。」他說，今次確診得到不少街坊問候，一句「我哋市民需要你呀」，便是最好回報。不過，他指出，支援抗疫的確比其他地區工作面對更大壓力，「我都擔心染疫會傳染家人，今次我中招，好彩家人無事，日後要更加小心，喺屋企都要戴口罩」。

楊開永稱，現時確診個案暴增，政府沒有能力向所有病人提供支援可以理解，他亦不會苛責，但希望當局可以更好利用社區力量做好抗疫工作，不要冷待社區力量和意見，「好似之前檢測大排長龍，市民叫苦連天，我哋社區都提出可以派籌、派人維持秩序，當局最初都好似未想過可以派籌」。他說，現時疫情嚴峻，單靠政府力量是無法控制的，必須配合社區力量，才可以做好同心抗疫。

感謝同事及義工冒染疫風險幫手

「而家社會已凝聚抗疫力量，我哋籌集抗疫物資遇上嘅困難已比較少，好多中企、社團、私人公司等等都樂意捐贈，但係義工人手唔夠，仲要繼續招募。」楊開永說，他們民建聯中西區支部要處理區內確診個案不斷增加的情況，人手日益吃緊，「求助確診者十萬火急，你要立即上門派送抗疫物資，唔能夠好似送外賣儲齊單一幢樓做晒，所以做步兵一日要行好多轉」。他亦不忘多謝現時的同事及義工，「喺疫情咁嚴重仍然肯幫手，我都好敬佩佢哋」。隨著配合禁足的全民檢測將會展開，楊開永預料需要招募更多義工幫手。

對於政府抗疫政策，楊開永認為，面對這波 Omicron 疫情，政府對請求中央支援有猶豫，遲了；他亦建議政府調動多些公務員到前線協助抗疫，「而家唔止確診者需要支援，好多前線部門、醫護人員都需要支援，佢哋壓力都好大」。他有信心現時在中央全力支持下，只要香港社會各界上下一心，一定能盡快控制疫情。

訪問尾聲，楊開永期待還有數天隔離期將滿，只要檢測陰性，便可以立即重上抗疫前線，上門派送物資，幫助確診者，多一個人多一份力。他關心街坊、操心社區之情，溢於言表。

撰稿：s.Kong、georgewang
圖片：受訪者提供
橙新聞，2022 年 3 月 4 日

香港輕鐵車長：
使命在肩無懼風險　香港不能「停站」

香港確診數字不斷上升，作為香港公共交通主要力量的香港鐵路，連日來也陸續有數千名員工確診，8 條線路受此影響而被削減班次。而在貫穿香港新界大西北的輕鐵線路上，也有近 10% 的車長確診或被隔離，不過其餘員工仍堅守崗位。我們在香港元朗輕鐵站見到車長譚建釗時，他正穿過每日工作的必經之路，和同事打招呼。

現年 56 歲的譚建釗已在輕鐵服務超過 30 年，面對每日來來往往的乘客，譚建釗笑稱，這都是自己的「街坊」，堅守崗位就是希望能為他們的生活提供便利，「輕鐵車長的責任是很重要的，因為我們要貫通新界大西北的居民，我們要保持一個良好的班次給乘客出行，因為全部這些乘客都是我們的街坊，他們用我們的服務去拿藥啊、上班啊，甚至我們醫護的同事，他們都要回醫院幫忙，所以我們輕鐵服務很重要。」譚建釗說。

疫情之下，密閉車廂內的傳染風險十分高，而全天在內駕駛的車長面對的挑戰更加大，不過譚建釗表示，既然選擇這份職業，就從未想過風險，「我們本身投身做車長，開始都沒想過有這樣的風險，好像早兩年有些『黑暴』事件，我

上｜元朗輕鐵站車長譚建釗。

中｜持續運轉的輕鐵系統。

下｜忙碌的輕鐵工作人員。

們那段時間都很受衝擊，但我們的車長都沒有畏懼，一樣上班。好像現在第五波疫情，我們的車長都不會畏懼，一樣上班，家人也都很支持。」

不斷有車長確診，人手十分緊缺，為了服務免受衝擊，譚建釗表示，目前堅守崗位的同事不僅減少休假，更自願延長工作時間，只為確保服務班次，「通常我們工作時間是 8 小時左右，如果下班之後有需要，我們都會幫忙再開多一圈，開一圈車大概是一兩個小時左右，這些是我們全部的同事、我們全線兄弟，都很願意做的，其實目的只有一個，就是希望保持香港的運轉，讓香港可以繼續運行，千萬不要停頓」。

採訪結束後譚建釗急匆匆地離開，再次投入了工作崗位。輕鐵車站中，一批又一批的乘客來來往往，可離開又回來、反覆出現的卻只有一個又一個的黃色制服身影，那是譚建釗和他的同事們。

撰稿：王金璐

鳳凰衛視，2022 年 3 月 5 日

社區幹事奔走前線染疫
盼以自身經歷勸長者接種疫苗

本港在第五波疫情下，感染確診人數不斷上升，假如不幸染疫，你會如何面對？民建聯元朗社區幹事林偉明雖感到不幸，但同時也是一個機會，透過自己在確診期間的經歷，向服務的社區長者講解接種疫苗的重要，期望大家團結一致、齊心協力一同抗疫，戰勝疫情。

林偉明接受《橙新聞》專訪時表示，自己因在社區接觸街坊及居民，隨著第五波疫情來襲，他跟辦事處職員已加強個人防護。可惜病毒防不勝防，他在上月 20 日快速檢測中呈陽性，即按當時政府的指引，委托辦事處同工取得並交回深喉唾液樣本，同時開始在家隔離。直至 3 月 1 日才接到衛生署的短訊表示確診，但至今仍未收到當局的資訊包等物資。

居民貼心問候　頓感服務社區值得

他表示在這段等候時間，終於親身體會當局在大量確診個案下應接不暇，出現滯後的情況，同時更感受到其他染疫的街坊，在等候當局進一步通知期間的不安跟焦慮。他稱由於自己確診，Omicron 的高傳染性也連累同住家人受感染，需要一同居家隔離，有幸不同住的母親為他張羅日常必需品，辦事處同工則補充防疫物資，雖然他目前的快測結果仍為陽性，但深信可以早日康復。他也表示有街坊因多日未見其出現，知道其染疫後致電慰問及打氣，令他十分感動。

在仍未受感染前，他在朗屏邨已服務多年，了解當區的居民隨屋邨落成多年，較為年長，因此在服務上提供較多資訊及便民措施。例如在疫情期間，有不少獨居或雙獨（單位中夫婦未有子女）長者不幸感染後，一時間找不上親友，當局又未能及時提供協助，他們便成為了社區的最前線，為居民張羅不同的物資及支援，盡一點綿力幫助社區。

親身認證疫苗功效　成最佳接種理由

林偉明表示，幸好自己跟家人已接種疫苗，縱使到受訪當日（3 日）的快測結果仍為陽性，但精神已經不錯，除病發最初一兩天喉嚨痛及肌肉酸痛外，其他病徵在第三、四天已經消失，印證疫苗的效用。他稱在結束隔離後，重返社區工作，並再次舉辦疫苗接種活動，屆時一定會以自己親身的經歷，呼籲年長街坊盡早接種疫苗，向他們說明疫苗雖不能確保不受感染，但可以減輕病情，康復速度也較快，這是對目前接種率較低的長者群組最大及最有力的親身證明。

林偉明又提到早前邨內出現確診個案後，他已即時跟屋邨管理及清潔公司要求加強清潔，並請衛生署等提供感染控

上｜林偉明安排義工協助居民接受檢測。

中｜不論在抗疫前線或後勤工作，大家都為香港出一份力。

下｜林偉明為受家家居隔離人士送上必需品及抗疫物資。

制建議，安排人手協助居民接受檢測，也在邨內張貼資訊，讓居民了解最新情況，減少他們的疑慮，同時教育街坊要做好個人及環境衛生，以避免成為病毒的溫床。

澄清事實　助明辯是非

對於近日全港各區都出現的食品搶購潮，林偉明稱因仍在隔離中，沒法親身向街坊解釋，但都在後方製作資訊單張、文宣等澄清事實，並向職員提示要安撫居民心情。他稱理解街坊的憂心，強調中央表明全力支援香港的抗疫工作下，港人在糧食方面絕無問題，不用擔心，同時也認為特區政府發放的資訊未夠全面，令市民容易受到謠言影響，他表示將會為居民做好消息核實的工作，協助他們分辨真假資訊。

對於自己現時無法親身服務居民，林偉明稱反而多了時間處理過往堆積的文書工作，同時也以電話等方式指示職員如何回應街坊的求助。他也感謝有大批義工不辭勞苦，面對如此疫情仍然願意走到抗疫前線，為的就是一同抗擊疫境。不過，他也考慮到部份義工的身體及感染風險，勸喻他們改為協助處理物資等後勤服務。

他又提到除向街坊提供物資及資源，也有確診者擔心生計問題，特別是當局仍未有就進到隔離設施的康復者公佈相關安排，比如感染證明、病假紙，確診者的一次性津貼等，也令部份居民擔心，希望當局可以盡快理順及公佈詳情，協助市民渡過難關。

林偉明表示在疫情下大家雖人人自危，但也是最能發揮人性光輝的時刻：「街坊為了減少病毒傳播，少出門，接種疫苗；辦事處職員為地區工作付出 120% 的努力，不辭勞苦地幫手解決不同問題；各位義工一呼百應，一看到社區有需要就馬上出來幫手，不以自己個人安全為考慮，充分發揮了港人團結，鄰里互助的精神。希望在大家彼此幫助，同心合力，團結一致下，我們能戰勝疫情！」

撰稿：Edward、georgewang
圖片：受訪者提供
橙新聞，2022 年 3 月 7 日

奔走前線向染疫者派物資
社區主任：危難時刻必須有人站出來

本港第五波疫情來勢兇猛，確診個案居高不下，醫療系統幾近崩潰，令確診家庭惶恐無助。面對嚴峻的疫情，元朗天水圍慈祐社區主任蘇淵無畏無懼，始終站在抗疫第一線，堅持為居民提供服務，以及時適切的關心溫暖着每個染疫家庭，以實際行動堅定市民戰勝疫情的信心。

蘇淵今日（10 日）向大公文匯全媒體記者表示，家中有 1 歲的小孩和年長的父母，自己每天奔走在社區抗疫第一線，家人也很擔心，但蘇淵說「危難時刻必須有人站出來」。他每天早出晚歸，天天在抗疫前線，深知病毒的兇險。為了不影響家人，蘇淵回到家中都不敢和家人同桌吃飯，都會把自己鎖在房中，繼續打電話協助居民，整理白天求助個案的資料。家人就在身邊卻不能相擁，捨去小家的溫暖，只為幫到更多的街坊，溫暖更多的家庭。

2 月底以 ，疫情海嘯式大爆發，蘇淵憶述當時每天都收到 20-30 個街坊的求助，其中不少是全家染疫。陳太一家 4 個小孩、4 個大人全部感染，在彷徨無助的情況下致電蘇淵，蘇淵第一時間送上她家急需的藥物和食物，及時溫暖了陳太的心；張生因疫情失業在家，更不幸的是全家確診，連

蘇淵每次都會親自上門送贈物資。

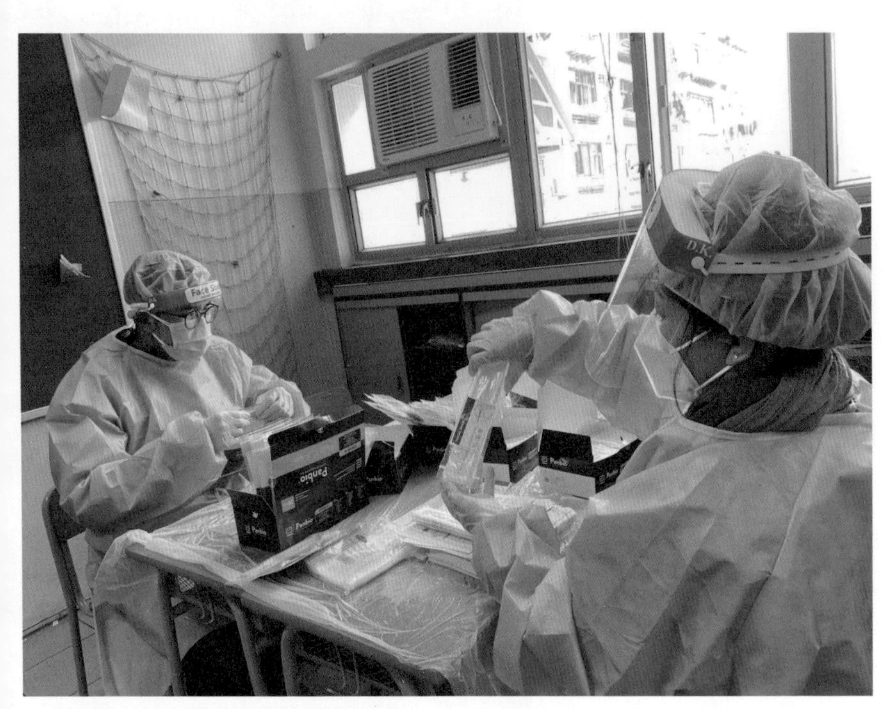

蘇淵與義工一同工作。

同小孩，一家 3 口擠在不足 10 平方米的小房子裏，無奈地等候救助，但一直無法聯絡政府提供服務，令人看在眼裏、疼在心裏，蘇淵堅持定期送藥和食物上門，積極協助張生聯絡政府服務，鼓勵他要有信心戰勝疫情。張生感動地說：「幸好有你在，你們比政府還及時！」

蘇淵堅守在社區抗疫第一線，自 2 月中旬至今，他已協助了 273 戶因確診而感到無助的家庭，還多次組織義工協助政府開展疫苗注射、檢測和分裝抗疫物資等活動。收到中央援港物資後，蘇淵都是第一時間派發到街坊手上，給街坊帶去中央的關懷，鼓勵街坊堅定信心抗擊疫情。

疫情持續，抗疫前線有不少義工確診，蘇淵向點新聞記者表示，現時人手十分不足，有部份義工因擔心染疫不敢外出。他說，只要有義工仍願意走出來，都能夠為抗疫工作出一份力。現時最高危的上門送物資的工作，蘇淵都會盡力由他一人承擔，讓義工們負責做後勤支援工作，包括打電話聯絡居民、物資包裝、分類、登記等任務，保護義工的安全，維持義工服務的信心，並為他們提供最好的防護。

「捨小家為大家」，蘇淵用自己的行動，溫暖着街坊的心，堅定着社區抗疫的信心。蘇淵堅信有中央的支援，香港一定可以早日戰勝疫情！

撰稿：Ivy

圖片：受訪者提供

大公文匯網，2022 年 3 月 10 日

中醫師父親義診抗疫
北上兒子拍片聲援

新冠疫情持續蔓延，無數醫護工作者緊守崗位，默默付出，令人欽佩。鄺志榮是一位中醫醫師，疫下冒着感染風險仍毅然投身抗疫服務。他參與香港中醫骨傷學會慈善基金發起的「同心抗疫」中醫遙距義診，即使晚9點下班後還繼續接聽市民們的求助電話。而他的兒子丁柏雄北上求學，疫下無法回港團聚，但仍堅持轉發爸爸參加的義診活動，希望通過網絡盡自己的綿薄之力。

鄺志榮在港有開設私人診所，為了幫助更多的患者，他甚至把在診所來不及熬製的藥帶回家煎到深夜，第二天再帶給病人。每一波疫情出現時，鄺醫師都會煲好中藥放在家裏，讓家人們提前預防，惟在外求學的兒子就喝不到。父子兩人分隔兩地，平日裏都通過視頻來相互報個平安，字字叮嚀、點點真情。

每天看着香港劇增的確診數字，小丁同學也不由自主擔心父親。「每次和老爸通話時，我會特別提醒他做好防護，同時也要注意休息。」丁柏雄經常會轉發中醫義診活動及各類求助管道等資訊，他希望透過這種方式為爸爸加油，「希望讓更多的市民知道這些消息，都得到有效的治療。」他日前也與大學同學一起錄製「同胞平安，香港加油」視頻，為父親打氣，為香港加油，祝願香港早日戰勝疫情。

和很多港生一樣，丁柏雄人不在香港，心更牽掛香港的家人和朋友，他說：「希望疫情早日結束，我可以早日回香港，早日回家團聚！」

撰稿：丘雯鈺、吳江輝

大公文匯網，2022 年 3 月 10 日

捨小家為大家：
記疫情中的逆行者唐學良

唐學良是現任「公民力量」執委會委員、新界東北居民協會主席、下城門社區幹事。在此次抗疫過程中，他始終堅持在一線戰鬥，積極服務社區居民，踐行着一名愛國愛港者的責任與擔當。

捨小家為大家　毅然奔赴抗疫最前線

香港第五波疫情爆發以來，面對日益增長的確診人數，他意識到此次疫情的嚴峻形勢，也做好了在開展社區服務過程中隨時可能被感染的心理準備。為了避免把病毒傳播給家人，更安心地開展地區工作，他做通妻子的思想工作，大年初七就早早地將妻子、女兒送回娘家，選擇自己獨自居住。離別時，面對妻子的擔憂還有女兒那哭泣的臉龐，唐學良雖萬般不捨，但他知道地區有更多確診居民需要他的幫助，現在正是他承擔起照顧地區百姓這一重擔的時候，便毅然轉身奔向抗疫工作和社區服務的最前線。

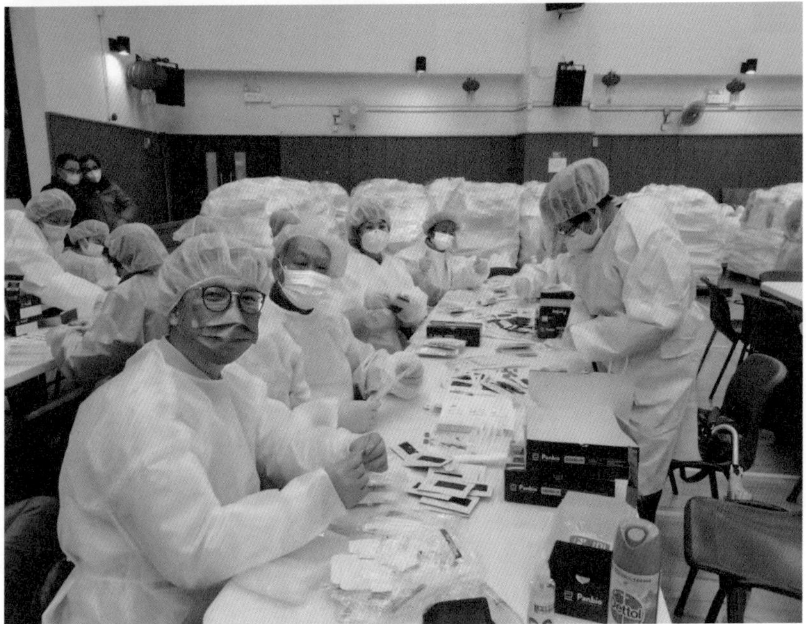

上｜唐學良（左一）與義工們一起工作。

下｜唐學良組織義工包裝快速檢測試劑。

先人後己　關愛社區長者和義工

隨着疫情的不斷擴散，地區防疫物資來不及供應，出現緊缺狀況，面對 N95 口罩不足時，他總會把所剩不多的 N95 口罩分發給義工，自己卻只戴普通口罩，當記者問他為什麼不戴 N95 口罩時，他總笑着說：「在疫情如此危急的情況下，義工們仍然願意主動站出來幫忙實屬不易，對他們的保護更要做到位；而我是年輕人，又接種了疫苗，抵抗力高些。」

「尤其是獨居長者，他們沒有親人在身邊，一旦確診，重症率和死亡率都很高，但是老人家不知道該如何自救，求助電話往往又打不通，經常是哭着給我打電話。」唐學良了解到疫情下獨居長者的慘況，更加堅定了自己拚盡全力幫助社區居民的決心，他說：「趁自己仲未中招，盡力做！」為了讓確診居民的生活得到保障，唐學良冒着被感染的風險，堅持親自開展上門服務工作，每天要將防疫和生活物資及時送到 40 至 50 戶居民的家門口。工作量之大，經常令他累得上氣不接下氣，但他所求，只是隔着門送上一句問候和祝福，讓居民們在疫情的寒冬裏也能感受到一絲溫暖。

不幸中招　仍堅守社區服務工作

「知道可能會中招，卻不知道來得這麼快。」由於長時間參與抗疫一線服務工作，在 2 月 28 日自測時他不幸確診。感染新冠病毒後，他第一時間聯繫與其有過密切接觸的義工，詢問他們的健康情況，並告知做好防疫措施；同時，他仍然堅持負責統籌調度地區同事和義工繼續不間斷開展社區服務工作，確保及時為有需求的居民送上溫暖，傳遞好中央對香港的關心，增強居民們抗疫必勝的信心！

在抗疫過程中，無論面對什麼困難，唐學良始終笑着面對。他說，「我們社區幹事是最能接觸到地區居民、最了解他們所急所需的人，在危難之時，我們絕對不能辜負他們的信任，要給予他們最大的支援和幫助。」經過幾日休養，唐學良終於戰勝疫情，恢復健康，目前他已重返抗疫一線，繼續為新界東北部居民服務。

撰稿：輕雲

圖片：受訪者提供

大公文匯網，2022 年 3 月 14 日

一封梨木樹邨居民的感謝信

這是一封街坊感謝民建聯荃灣梨木樹東社區幹事劉松剛和團隊義工的信。信寫於 2 月 26 日，為何十多天了，劉松剛現在才發出來？

因為他覺得助人其實是一件小事，而街坊感謝的語言太重了，有點受之有愧。

他記得，寫信的街坊是 2 月 17 日給他來電，語氣焦急萬分又情緒激動。原來兩位老人分別已經 65 歲和 62 歲，確診後給政府去電，卻一直打不通，無奈之下只好求助於社區幹事。團隊接到電話後，馬上準備好連花清瘟膠囊、消毒水、口罩、快速測試包等物品，並由劉松剛在穿戴好防護面罩後，立即送到居民家中，還每天電話跟蹤兩老的病況。後來，這位街坊居住在灣仔的朋友得知他染疫後，也準備了抗疫包，但是街坊不能出門去取，於是，再次找到劉松剛，尋求幫助。劉松剛二話沒說，在給其他街坊派送防疫物資後，自行駕車，專門去到灣仔取了抗疫包，在晚上 10 點多送到這位街坊的家中。要知道，當時全港確診病例急升，街頭人心惶惶，別說從荃灣到灣仔，就是出門到小區裏買東西，都會感覺不安全。所以，兩位老人萬般感謝，也就毫不為奇了。

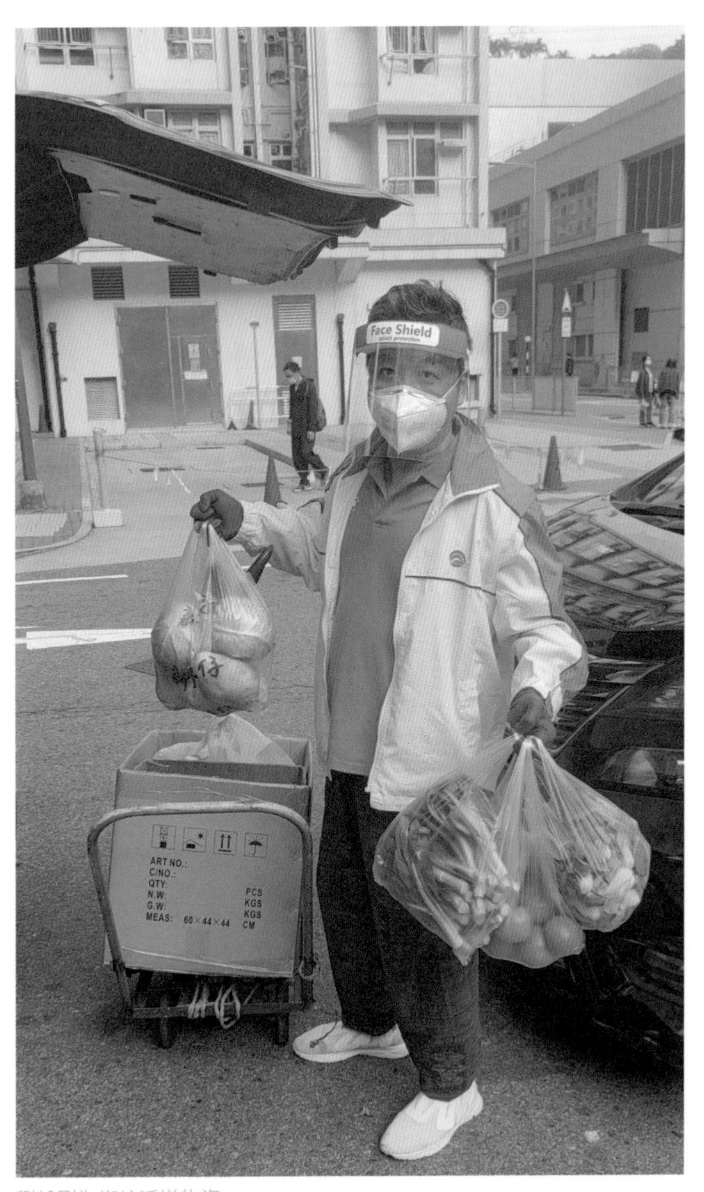

劉松剛為街坊派送物資。

在信的最後，這位落款為「梨木樹邨一名居民」的街坊提出一個請求：希望能把這封感謝信放在你辦事處的「位置」上。

曾經是一名教師、也做過多年社區服務的劉松剛說：「社區就是一個大家庭，家裏人有需要，社幹就應該沖上去，沒有什麼多說的。」這段時間，每當在穿戴防護服裝的時候，以及奔波在為街坊買東西的路上，或者在派送物資休息的中間，想到這些樸實街坊真誠的話語和感激的祝福，他心裏便充滿了力量。

撰稿：Nora
圖片：受訪者提供
大公文匯網，2022 年 3 月 14 日

香港抗疫中的父與子

幾天前，羅保侃收到一個陌生的快遞，裏面有 2000 盒快速測試包及 3200 盒連花清瘟膠囊，包裝箱上寫著由「深圳坪山」寄出。

正在香港社區忙於分發物資的羅保侃突然意識到，父親羅桃華正在深圳坪山。他立即聯絡父親，得知他 2 月中旬就開始蒐集物資，並在深圳坪山區及坑梓街道辦的幫助下，才完成了採購。

在深圳，由於陸路口岸運輸不暢，物資只好考慮經水路到香港，再經物流公司送達。羅保侃說：「這批由爸爸籌集來的物資，幾經轉接終於到我手上，解決了社區部份燃眉之急。感動！」

羅保侃的父親羅桃華曾是一家跨國公司的總裁，退休後回內地和朋友投資了一家幼稚園。新冠肺炎疫情前，父子倆經常往返於香港和深圳坪山。香港第五波疫情爆發後，原本不太遠的距離，卻讓父子倆無法相見。

羅桃華經常和兒子通電話和視頻，大部份內容都是商量如何更快地從內地籌集醫療物資發往香港。「爸爸說，如果還有檢測包及連花清瘟膠囊，會及時發過來的。」羅保侃告訴中青報·中青網記者，他已經把父親上次快遞到港的物資，郵寄給了香港最需要的人。

今年春節期間，羅桃華負責在國內緊急聯繫物資，羅保侃則對接在香港的有效快速分發。看似簡單的採購分發，卻出現了很多問題，例如市面上不同品牌的快速檢測包，是否都符合香港特區政府的規格？為此，父子倆做了大量的工作，蒐集、聯絡有關代理商尋求答案，通過視頻和拍照，將有用的信息互相轉發，父子倆越來越默契。

這已經不是父子倆第一次聯手。兩年前，新冠肺炎疫情在國內蔓延時，他們從國外採購了大量口罩運回國。後來，香港發生疫情，羅桃華突破重重困難，返回內地採購物資運送回港，而羅保侃則負責在香港收貨後，組織理事義工及時分發。

作為香港深圳青年總會理事，羅保侃多次到香港各社區為基層市民發放核酸測試劑；組織香港青年做義工包裝防疫包、維護核酸檢測點秩序等。青年義工會將物資分配打包，通過郵寄或親自送達等方式，想方設法送至確診人員家門口。同時，羅保侃與香港立法會議員李梓敬將採購的連花清瘟膠囊送到老人院。

羅保侃透露，香港深圳坪山區坑梓同鄉會秘書處還設立了一個熱線，當市民有物資需要時，可以及時提供援助，「連我的電話和微信，都時刻在線上」。他們發現，大部份人最需要的就是一些基本藥物。疫情發生後，因為貨源問題，止疼藥必理痛和咳嗽藥水在香港藥房已經很難買到。

在羅保侃眼中，父親是一位熱心社會事務的人，為香港和家鄉深圳坪山的建設和發展建言獻策。他說，父親對他一直很嚴厲，經常教導他要關心國家及社會，「這拓展了我的視野」。羅保侃回憶，「第一次在天安門廣場看到五星紅旗冉冉升起，那一瞬間很激動。真正感受到，身為一個中國人的驕傲與自豪」。受羅桃華的影響，羅保侃也積極投身社會公益，希望貢獻一份力。

撰稿：林潔

中国青年報，2022 年 3 月 15 日

「好腳力」：香港精英運動員參加防疫服務包派發活動

香港特區政府 4 月 2 日起向全港家庭派發防疫服務包，葵青地區抗疫連線招募了一批精英運動員擔任義工，他們被委派參與比較艱辛的任務，到樓層比較高、沒有電梯的舊唐樓派發物資。

全港 18 區，區區都有義工派防疫服務包，但葵青區團隊，邀請了一批特別的義工參加，包括獲得 2018 年台灣超級馬拉松 50 公里比賽亞軍的港隊代表黎可基、800 米香港紀錄保持者梁達威，以及其他香港馬拉松運動員等。他們先在石籬社區會堂外，穿好全套防護衣。

義工團隊步行大約 5 分鐘，去到一座 8 層高的舊唐樓，拿上物資後就開始上樓派發，這裏沒有電梯，義工們先走樓梯到最高樓層，然後由上往下逐戶敲門。

收到防疫物資包的住戶表示很開心，因為丈夫每天上班都需要用。

團隊用了大約一個小時，完成物資派發任務。梁達威表示：「沒有平時運動累，但戴著 N95 口罩確實比較悶。而

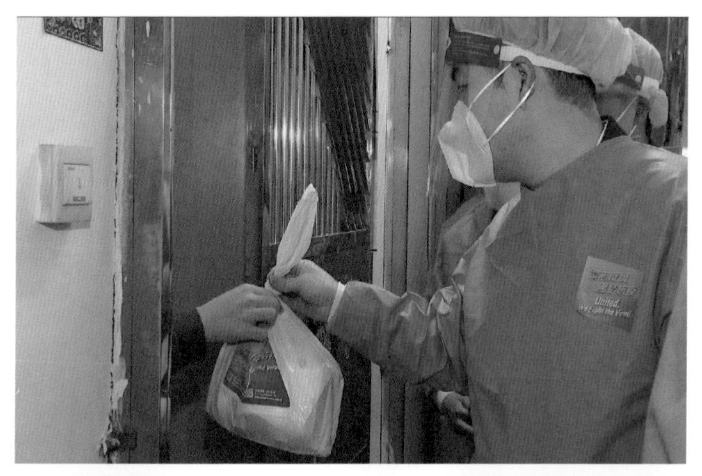

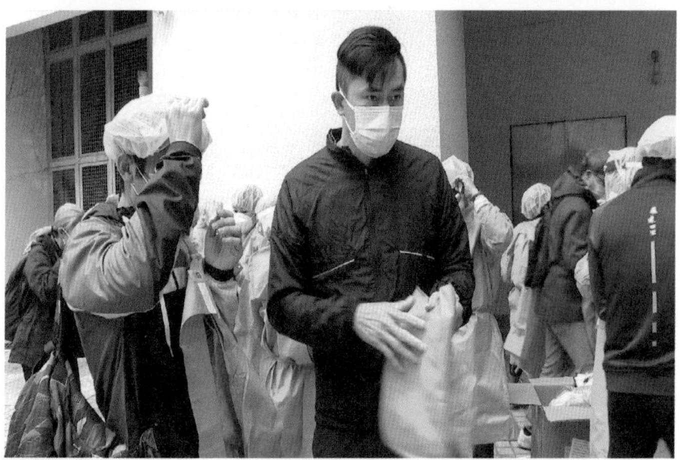

精英運動員擔任義工派送物資。

且穿著防護服，裏面的衣服應該都已經濕透了，出了很多汗。」他還說自己經常代表香港外出比賽，疫情下應該要服務香港。

記者了解到，「這座唐樓的過道比較狹窄，每層大約有十幾戶人家，義工來到這裏會敲門，如果沒有人應門的話，他們會做登記；晚上再回來這裏敲門，如果還是沒有人在的話，他們會留下紙條，提醒住戶在指定日期到政府發放點領取物資。

撰稿：冼志

鳳凰衛視，2022 年 4 月 2 日

第三篇

微塵有光

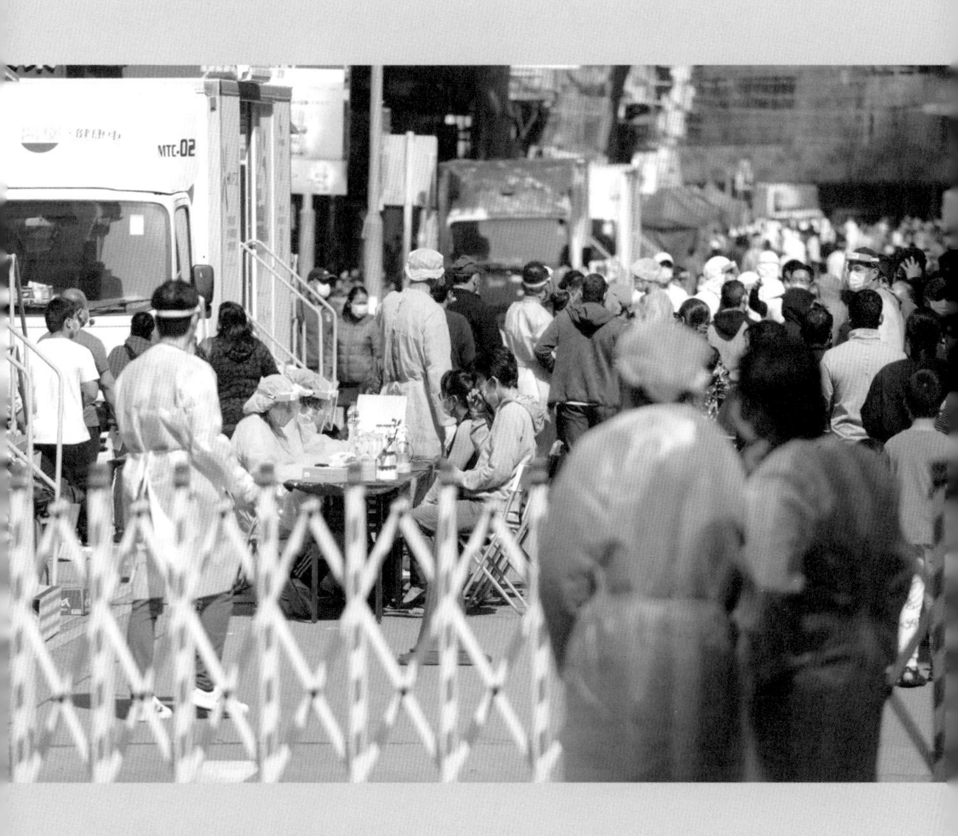

善心人士深水埗明哥及善心社企向露宿者派發中藥藥包

香港的舊區深水埗是第五波疫情中的重災區之一，在該區的通州街公園一帶，每晚有近百名露宿者，他們是弱勢社群之中更為邊緣的一群，隨着疫情轉趨嚴重以及寒流來襲，染疫風險飆升，隨時爆發人道災難。在這困難時刻，香港就有一群義工隊和社會企業聯手為這些露宿者派發藥品和抗疫用品。

人稱深水埗明哥的陳灼明，是深水埗一間燒味餐廳的老闆，十幾年如一日不間斷向社區困難人士派發免費飯盒，派到全港街知巷聞，也獲得愛心飯堂的美譽。

這一天，他仍在餐廳忙碌著，這次是連同社會企業，準備向區內的流浪露宿者派發中藥包以及抗疫用品。他們先把逾百包的中藥包加熱，封入膠箱，連同快速測試包、消毒液等，再推出去逐個派給附近通州街公園內的露宿者。

深水埗是第五波疫情中的重災區之一，明哥說，疫情嚴重，特區政府以至許多志願機構都自顧不暇，對露宿者的支援就更加少。除了三餐溫飽，最令人擔憂的是他們一旦感染，隨時爆發人道危機。

陳灼明表示：「現在沒有組織關注這些露宿者，讓他們

上｜人稱「深水埗明哥」的陳灼明。

下｜明哥連同善心社企，向區內的露宿者派發中藥包和抗疫用品。

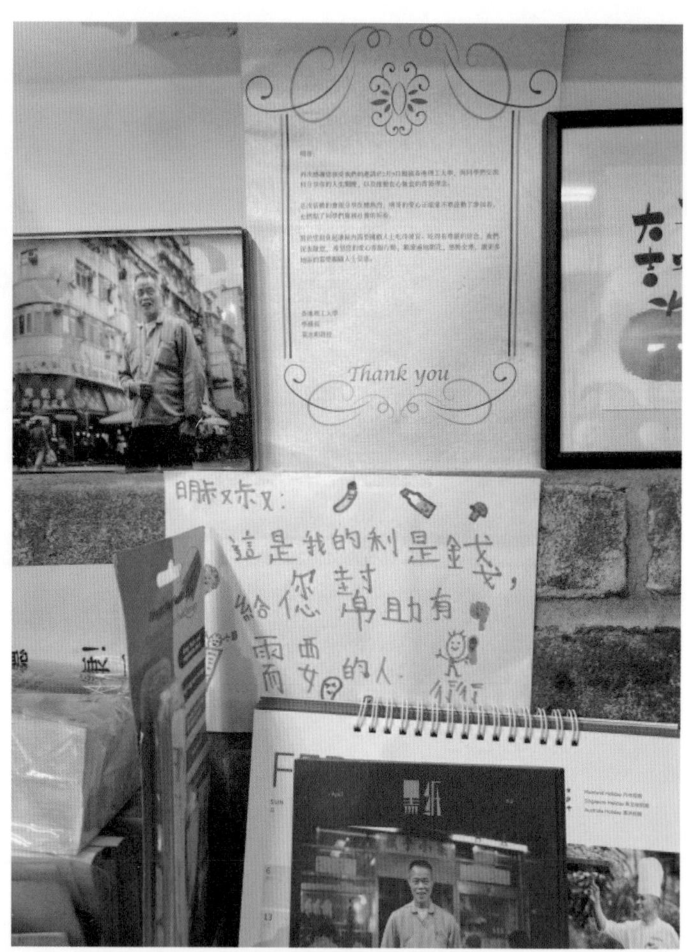

小朋友也捐出自己的利是錢，希望幫助有需要的人。

去做檢測　，過段時間會全民檢測，在這段時間內我們也研究派一些中藥湯包，讓他們做好預防，如果真的是陽性患者，也希望政府能盡快為他們做檢測。現在有很多國家隊檢測隊員幫手，目前日檢測量是 40 萬，之後可以大幅提升到 100 萬或更多，早日得知檢測結果才能控制疫情。」

而發起贈醫施藥行動的註冊中醫師張琛，早前製作 5000 份抗疫中藥包，免費送贈包括東華三院、保良局等多個慈善團體，這次聯手深水埗明哥，免費派發給露宿者、基層市民等有需要的人士。張醫師說，中國幾千年來發生過大大小小的瘟疫不下數百次，但每次國家可以勝出，人民康復的原因之一就是使用傳統中藥作為治療和預防的手段之一。到目前為止，中醫還沒有被接納成為香港抗疫的主要手段，不過近期中央全力支援香港抗疫，包括派出專家組指導衞生署及醫管局，其中就特別提到內地如何使用中醫藥來治療的經驗。

陳灼明表示：「雖然有些業界人士和陳肇始局長舉行過會談，但目前我們還在等政府的反應，在等待的過程中，拯救人命刻不容緩，在沒有回覆之前，希望發動自己的力量或呼籲民間用中醫藥來幫助一些基層和很有需要的人。」

有調查顯示，深水埗居民約五分之一來自低收入家庭，而區內舊樓林立，染疫大廈為全港最多，平時熙來攘往的深水埗街頭顯得十分冷清，對此明哥寄望全民檢測能夠幫助香港緩和疫情，在夏天看到希望。

陳灼明表示：「有句歌詞叫做『漫天風雨，何處逃避』，唯有大家一起出力，過一段時間就會全民檢測了，希望能夠盡快找出潛伏的傳播鏈。」

撰稿：秦玥

鳳凰衛視，2022 年 2 月 26 日

香港抗疫車隊：疫情下逆行的「紅飄帶」

口罩、面罩、手套、隔離服、消毒酒精⋯⋯沙文雄確認後備箱裏的防疫物資充足，熟練地穿好藍色隔離服，坐進駕駛室，拿出新冠快速自測盒做每日出車前的檢測。雖然每天都做了防護和消毒，但是等待結果的幾分鐘，他仍有些忐忑。

「一道杠，是陰性。」沙文雄舒了一口氣，繼續戴好口罩、面罩和手套，等待調度中心派單，去接患者。

疫情下，越來越多香港人無奈停工，選擇居家，但也有很多像沙文雄一樣的人選擇「逆行」，加入抗疫車隊。

「我想為香港出點力」

72 歲的沙文雄有些清瘦，但十分硬朗。曾做了十幾年的士司機的他熟悉香港的大街小巷。

農曆新年後，香港特區政府收緊疫情防控措施，晚 6 點後餐廳禁止堂食。疫情下，曾經燈火璀璨的街市生意蕭條，路上行人稀少。

「這樣的香港我都不認識了，心裏真鬱悶。」沙文雄坐不住了。

2 月中旬，沙文雄看到了由香港特區政府購買服務、設立抗疫的士車隊專門負責接送初步新冠確診者去診所的消息，便決定加入。

2 月 22 日，加入抗疫的士車隊的前兩天，沙文雄的弟弟一家被確診新冠肺炎，怕乘坐公共交通會感染他人，只能在家「自救」。沙文雄更加堅定了決心。「別人可能正在幫助你的家人，你也應該盡量幫助別人。」他說。

抗疫的士通過香港醫管局預約平台統一派單，免費搭載新冠患者就醫，每個司機每天能接六七單。按照規定，乘客被要求在的士後座，行駛過程中全程開窗通風。

宋一龍通過沙文雄介紹加入了抗疫的士車隊。「說不害怕是假的，這兩天車友群裏有人說要『休息』幾天，不能開工，那就是感染了。」他說，前兩天他把一名重症患者安全送到醫院後，趕緊用酒精給車內消毒，但是想到自己幫助患者及時就醫，心裏還是覺得很安慰。

「有錢出錢，有力出力」

北大嶼山醫院香港感染控制中心是香港收治新冠患者的指定醫院之一。從柴灣到北大嶼山醫院，45 公里路程，幾乎橫跨了半個香港。的哥陳智傑 5 點起床，做了新冠快速自測後趕到柴灣去接送醫護人員上班。

疫情之下香港醫療系統超負荷運轉，一線醫護人員在超

逆行的「紅飄帶」：抗疫車隊。

高壓力下頑強堅守。

為了趕 7 點的早班，北大嶼山醫院的麻醉師助理馬小姐 4 點多就要起床，再花費近兩個小時去上班。疫情下公交線路調整，班次縮減，她的上班路難上加難。

通過朋友介紹，馬小姐撥通了抗疫的士熱線。早上 5 點半，陳智傑已經等在她家樓下了。

核實了馬小姐的醫護身份，陳智傑告知她自己早上新冠快速檢測為陰性，並介紹了車上有洗手液、消毒濕巾等防疫物品，隨即開車出發。

「如果我的工作能縮減醫護人員的通勤時間，我就很開心。」為了讓馬小姐在車上休息，陳智傑一路不再說話。抵達後，馬小姐連聲感謝。

陳智傑加入的「愛心抗疫車隊」是由香港的士總會青年聯合會組織的，義務運送抗疫物資及接送一線醫護人員，不收車費，也沒有政府補貼。活動一經發起，就有 100 多名的哥參與。原本計劃於 2 月 18 日起兩週的愛心行動，被「默認」延續下來。

「就像我們用的防疫物資也來自社會捐助，疫情當前，大家有錢出錢，有力出力。」陳智傑說。

如今，陳智傑每天六七次義務接送醫護人員往返醫院，其他時間還可以正常營業。每當乘客注意到車窗上「抗疫的士」的標識，都會為他的行為點讚。

「同心同行　一路有我」

「搬貨、運送、分貨，再搬貨、送物資……」香港菁英會主席凌俊傑更新了朋友圈，運輸抗疫物資、接送抗疫人員、支援社區服務是他近期的主要工作。

「很多有心人士都希望為香港抗疫盡一份力，個人的力量很小，我們希望成立一個平台，統一、集中資源再去分配。」凌俊傑說。

2 月 20 日，香港菁英會發起了「同心同行　一路有我」愛心車隊青年行動，短短 24 小時內，就有超過 40 個青年團體報名參加以及多個商戶支持，超過 200 部車輛及 300 名義工加入行動。

凌俊傑每天帶領團隊將社會捐贈的藥品、快速檢測包等防疫物資分裝、派發到社區居民手中。

「我們還有一個與線上醫生平台合作的項目，為確診後居家隔離的新冠患者提供治療方案。」凌俊傑介紹，醫生線上問診給出治療方案後，再由愛心車隊為新冠患者送去藥品和物資。

義工們往往只能將配發的物資放在門口便離開，很多居民還來不及說聲謝謝，只能透過窗子看著帶有紅色「愛心車隊」標識的車漸行漸遠。

「疫情下，香港人越來越團結，懂得守望相助。就像我們的口號，『同心同行　一路有我』。」凌俊傑說。

愛心車隊、愛心的士、抗疫的士……這些抗疫車隊行駛在香港街頭，像一條條傳遞愛心和希望的紅色飄帶。疫情下，他們是勇敢的逆行者。

有時沙文雄把車停在路邊，會有人通過標識認出這是抗疫的士，便走過來說「謝謝你們！」「疫情下全靠你們了！」

「好暖心，好開心，感覺很值得。」沙文雄的眼睛笑成了彎月。

撰稿：張玥、萬後德、許朗軒
新華社，2022 年 3 月 6 日

社企為幫基層不敢病設飯盒機派熱飯

本港第五波新冠肺炎疫情嚴峻，無論是否染疫，部份長者及基層市民求助無援，感覺如被社會遺棄，有人甚至連三餐溫飽也難以維持。在疫情下，有社企堅持派免費飯予有需要人士；由於擔心員工陸續確診等因素，服務無法維持，遂添置自動飯盒機，繼續為社會有需要人士出一份力。

社企「銀杏館」昨日（8 日）在 Facebook 專頁發帖，指患有抑鬱症的 75 歲梁婆婆（化名）兩年多前，雖然行動不便，但因想省下 2 元車錢，曾徒步由大角咀走到銀杏館油麻地店取飯；當時時值疫情爆發，幾乎所有機構停運，梁婆婆在最無助時到銀杏館，登記時眼泛淚光說：

「處處都關咗門，好彩你哋呢度仲開……我好驚你哋會閂門，我每次嚟之前都好驚你哋會閂門！」

銀杏館續指，當時梁婆婆說的這番話，其實是不少飯友的相同經歷，「令到我們至今都不敢病。」但人算不如天算，現時「每天總有一個在左近，是新確診者」；銀杏館團隊最近苦思，如果有天員工都確診、政府因要減少人群聚集而下令不能派飯時，「那飯友如何取到飯盒呢？」

因此，銀杏館油麻地店「耆樂食堂」昨日增設一部自動

左上｜銀杏館添置自動飯盒機，繼續為社會有需要人士出一份力。

右上｜銀杏館堅持在疫下派飯予有需要人士。

左下｜銀杏館經理日前更與社工帶備消毒工具，到石硤尾邨免費為長者進行家居深層消毒工作。

右下｜銀杏館亦會派飯予露宿者。

飯盒機，廚師們只要將飯盒預先放在機內，已登記的飯友便可自取，毋須與人接觸，減低傳播風險，

「這部機可熱可冷，我們夢想著：早段派熱飯，晚段可派冷凍餸包，還可以派靚湯，還可以派防疫物品，還有很多很多⋯⋯ 可以給不同需求的弱勢社群享用；想起都開心，真是太好了！」

不過銀杏館直言，待疫情好轉時，他們還是想親自人手派飯，

「我們不喜歡社交距離，特別對長者，期待這一天不是遙遙無期。感恩上天安排的這份禮物。」

最後，銀杏館在文中補充後記，指根據嶺南大學一項研究顯示，新冠疫情嚴重影響各類長者服務，長者反映缺少社交生活，孤獨感增加；而香港城市大學一項調查發現，在疫情影響下，長者社交孤立不單損害身心健康，還會增加患病風險，希望大眾能多關心長者。

撰稿：李凱晴

圖片：「銀杏館」Facebook

晴報，2022 年 3 月 9 日

打工仔染疫缺勤兩週
好上司無催返工訂補身雞湯送驚喜

新冠肺炎第五波疫情持續，不少市民快測陽性後居家隔離。一名打工仔發文分享，指自己染疫後居家隔離，與新冠病毒奮戰 14 天，日前突然收到上司為她訂購的補身雞湯外賣，對方更貼心備註餐點要「走油走蔥」，令事主感動不已。

一名女網民日前（8 日）在 Facebook 群組「全港抗疫交流分享區」中發帖，表示自己早前不幸染疫，與新冠病毒「打仗」兩週後，現時檢測結果已轉為陰性，但仍有少許病徵，令她大感驚喜的是，本週二（8 日）突然收到上司為她訂購的「健康外賣」，令她分外驚喜。

上司訂購外賣要求「走油走蔥」

事主的上司透過外賣平台，從天水圍一間粥麵店為她訂購竹笙花膠豬肉片淮山麵，以及蟲草花花膠魚肚燉雞湯三色飯，並備註餐點「走油走蔥」，另外要求淮山麵「熱啲，多湯」，三色飯則「多湯少飯」。

事主表示她和上司關係一向良好，形容上司此舉是「疫下暖」，「突然收到呢份禮物，真係好驚喜好感動，好有心思！」

網民：食好嘢打勝仗

不少網民看到帖文後，均大讚事主上司是一名好老闆，亦有人表示羨慕，形容事主十分幸運，並恭喜她遇到一名好上司。

染疫後 4 大飲食重點

本港營養學家王敏寧（Mandy）日前在其 Facebook 專頁表示，近日本港疫情越發嚴峻，確診數字持續上升，故建議大家如確診，可針對 4 方面的飲食補充，有助增加體內免疫力，以紓緩病情。她引述衞生署衞生防護中心資料指，新冠肺炎最常見病徵包括發燒、乾咳及感到疲乏；其他病徵則包括：喪失味覺或嗅覺、鼻塞、結膜炎、喉嚨痛、頭痛、肌肉或關節疼痛、皮疹、噁心或嘔吐、腹瀉、發冷或暈眩。

她建議大家可留意自己有否出現上述症狀，如感到有輕微病徵出現，可從以下 4 點進行飲食補充：

1. 時刻補充水分。特別在發燒時，會令身體流失水分；多飲水有助防止脫水、排走體內廢物以減少藥物對肝腎的傷害。

2. 注意熱量及蛋白質的攝取。維持身體所需熱量及營養素，特別是蛋白質，有助加強免疫力。

3. 選擇容易消化的食物。身體不適時應盡量減少高纖維食物、避免進食全穀物，建議可多選高水分的瓜果類。

4. 補充維生素 A、C、D 及 E。這些維他命都與免疫力有關，在飲食中多加入維他命有助補充體內營養。

她還指出，由於各人身體情況不同，受感染狀況也不同，故上述建議只屬參考，提醒病情較嚴重者較宜求診進行治療。

撰稿：蘇麗儀

晴報，2022 年 3 月 12 日

髮型屋停業下買物資贈長者孕婦
老闆娘：希望香港人不再冷漠

新冠肺炎第五波疫情持續嚴峻，不少基層家庭在家檢疫隔離面對物資短缺問題，一名髮型屋老闆娘趁店舖停業期間幫助有需要家庭，為確診長者、孕婦採購物資，更充當「速遞員」送上門，她表示盼在有能力時盡力助人，並希望港人們都不再冷漠，多關心和幫助身邊的人。

髮型屋「Haïr La Forme」上週三（2 日）於 Facebook 專頁發帖，詢問是否有市民需要幫忙購買物資和食物，歡迎聯絡他們，強調「絕不收取分文」，而在發帖後 4 至 5 天內，已為 8 戶有需要市民送上物資。

老闆娘盧小姐向《晴報》表示，由於政府下令髮型屋需停業至 4 月 20 日，期間部份同事做上門剪髮幫補，她則因眼見不少市民因擔心「封城」搶購物資和囤糧，相反真正有需要的市民卻買不到物資，故希望能助他們一把，「反正現在停業無工作，都希望幫到他們，亦希望其他香港人也多點幫助左鄰右里，看看他們有甚麼需要。」

左｜盧小姐為 2 名居住馬鞍山的確診長者送上食物。
中｜盧小姐為一名居住慈雲山、育有 2 名子女的懷孕媽媽送上食物和藥物。
右｜盧小姐到處搜購物資和糧食。

為確診長者送物資

她透露曾收到一名居住柴灣、在港島區上班的市民求助，指居住馬鞍山的年長父母確診、未能外出，希望他們幫忙送必理痛藥物和罐頭上門，盧小姐答應幫忙，並將物資送到門口，「當時我也找不到地方買必理痛，惟有將我家中僅餘一排送給他們，另外買了兩盒其他品牌的退燒止痛藥，再去超市買罐頭及新鮮蔬菜生果。」

兩孩懷孕媽媽求助

至於另一名求助者是居於慈雲山的懷孕媽媽，因需照顧兩名子女，不便經常出門，而當她落街時卻發現超市貨架已「清零」、藥物斷貨，只好私訊盧小姐求救。她得悉後立即到處搜羅物資，走遍多間店舖才買到少量兒童藥物，然後跨區將物資送上門，事後更沒有收回「買餸錢」，「當時更得知她家中已幾乎沒有食物，連烏冬也沒有，聽到也很心酸，於是買了一些午餐給她們。」

未理經營壓力　盡力幫助基層

停業期間髮型屋零收入，但支出不斷，包括租金和員工薪金。盧小姐指，雖然部份髮型師可上門剪髮幫補，但初級髮型師技術上未可以做上門剪髮，故她仍會向其支付底薪，盼共渡時艱。雖然自己生意面臨經營壓力，但盧小姐仍希望趁有時間盡力幫助其他基層市民，即使現時髮型屋可重新營業，但仍會繼續助人，

「任何人有需要可以 Inbox（私訊）我們，即使我們重新營業，只要配合到也會幫忙，希望香港人都可以守望相助，不再冷漠。」

撰稿：蘇麗儀

圖片：受訪者提供

晴報，2022 年 3 月 12 日

我是新田方艙首批住客

確診後的第四日，昨晚（10 日，週四）我終於獲安排入住方艙醫院，不是去青衣，而是去剛啟用的新田方艙（或稱新田隔離設施），成為首批入住者。

一、在旅巴睡了一會兒，醒來已經到達

入住前，消防處透過短訊通知我的編號和送檢位置，之後有專人致電通知，叫我盡快收拾行裝，幾小時後有車送我前去。上網看了一些網民發放的「入住隔離營」清單，小至指甲鉗、棉花棒，還有電拖板、枕袋床單等，我的心態是隨遇而安，只帶了少量衣物，一些個人必需品，一個背包就夠，抵達後才發現，原來網民的提議不可盡信（隨後再說）。

當晚，我坐上了開往新田的旅遊巴 …… 我住在港島區，新田方艙臨近落馬洲，晚上 9 時許上車，因為累透，睡了一會兒，睡醒後已經抵達，望望手機，車程才一小時，比想像中快。我根據職員安排，完成登記手續，獲編配一間房。

入住前，聽到不少關於方艙的負面新聞，有人說管理安排混亂、食物質素不佳等，心有疑惑，入住後所見，不少只屬謠言。

舉例食物，我在入住當晚獲發一份粟米肉粒飯，味道跟連鎖快餐店的差不多，翌日早餐是皮蛋瘦肉粥和炒米粉，味道不差。另房內有提供免費瓶裝水。

二、我住的房間約 300 方呎，可住 3 人

我住的房間面積約 300 平方呎，有 3 張床，1 張是上下格床，床邊有 1 個小櫃。房內物資包括：電熱水壺（全新）、電拖板另加 1 個電插頭（早知道就不用自攜）、迷你座枱燈（充電式）、3 卷廁紙、1 個冷氣機遙控器、3 支瓶裝水。

值得留意是，房間名為方艙，形狀呈長方形，床與床之間，沒有任何遮掩，如果同住有其他人，更衣就會有些尷尬，或許要移步到房外的沐浴間。

三、第一晚熱水爐未裝好，只好抹抹身

之前網上流傳，洗手間是蹲廁，而且一字排開無間隔，但我實地所見，全部是坐廁，並且有獨立間隔，衞生情況令人滿意。

不過，入住第一晚有些設施未完善，例如沐浴室的熱水爐未安裝，沒有熱水沖涼，我怕着涼，只好簡單抹抹身，翌日再向職員查詢，原來另一邊的沐浴室熱水爐正常運作，他

上｜駱先生在新田方艙醫院入住的房間，有一張單人床及一張上下格床。

下｜不少入住者走出門外透氣。

叫我稍移玉步。只是行多幾步，也不算麻煩。

我目前身體狀況還好，無發燒，維持在最高 37.4 度，只是有些咳嗽，吃了自攜的止痛藥，也服食了連花清瘟膠囊，快速測試盒的兩條線，T 字旁的好像淺色了一點。

我最關注是這裏的醫療配套、醫護人手、藥物供應等是否足夠，讓我可以早日康復回家。

口述：確診者駱先生

整理：賴振雄

圖片：駱先生提供

大公文匯網，2022 年 3 月 12 日

自資改建隔離酒店買物資
原居民盡全力為抗疫

文嘉豪，是一位地地道道的新田原居民，同時也是一名青年律師，他為人敦厚，熱心公益，樂善好施，身兼正氣慈善基金主席、大灣區聯合會常務副會長、青晉義工團會長等多項社會團體職務。他一直在社區默默奉獻，盡己所能，投入抗疫工作，記者問他為什麼如此拚命，他只是笑一笑，說：「我只是一名新田村民，面對如此慘烈的香港第五波疫情，面對惶恐無助的確診患者，我們沒有理由不幫忙！」

香港隔離設施嚴重不足，市民確診後求醫無門，只能留在家中自我隔離，導致家人全員被感染。文嘉豪急患者之所急，將自己剛建好的一間村屋改建成小酒店，無償提供給新界社區抗疫連線作為隔離設施，甚至每天督促工人趕工，改建 12 間套房，安裝通風和消毒設備，購置床、櫃等房間用品等，希望可以在 3 月 20 日前可以交付使用，幫助更多有需要的人。文嘉豪又聯合正氣慈善基金會和青晉義工團開展中醫義診服務，並為近 100 位村民免費配送中藥，又為村民每人送上一份抗疫包應急。

特區政府選址新田購物城和攸潭美兩處興建方艙醫院，村民不免擔心方艙醫院會增加感染的機率，為了搶時間

上｜文嘉豪正協助物資包裝工作。

中｜文嘉豪每天親自監工隔離設施改建工程。

下｜送贈物資到新田方艙醫院。

盡快建，文嘉豪耐心向村民解釋方艙醫院有嚴謹的消毒標準，內地有成熟的運營經驗，安排村民到工地現場參觀，消除村民的擔憂，同時他還現身說法：「方艙醫院就在我家對面不到 200 米，最近是我，我也不怕！」此外，他又曾為新田方艙醫院捐出 200 套床單套裝應急，為了第一時間將物資送到求助市民和團體手上，及時接載醫務人員前往目的地，文嘉豪報名加入愛心車隊青年行動計劃，接載醫護前往老人院為長者打疫苗，運載大批抗疫物資分送給 10 多家安老院舍，行踪遍佈港九新界。

每天都走在抗疫的最前線，文嘉豪知道病毒的兇險，為了保護家人，他選擇自己一個人住進附近村屋，每週才回家一次與家人團聚，而且堅持天天進行自我檢測，檢測陰性後才敢回家。他表示，看到中央這樣大力支持香港，看到社區這麼多義工天天都在幹，自己作為原居民，生於斯、長於斯，香港抗疫是自己本分，自己願意做一名抗疫全職義工。

另一名抗疫義工李遠聲是元朗八鄉牛徑村代表，亦是一名原居民，第五波疫情爆發之初，他就主動擔當、未雨綢繆，利用自己「立潔消毒工程有限公司」的資源，免費為村民開展室內消毒。活動大受村民歡迎，紛紛聯繫他上門消毒。對於獨居的老人家，他優先上門，親自帶上消費工具，對房間內的每一處都仔細消毒一遍，至今他已經為全村 60 多戶村民住宅消毒，為抗疫撐起了一個「保護罩」。「作為村代表，幫助村民是本職，剛好我自己開了間消毒公司，這回就派上用場了。」他謙虛地說道。

上｜李遠聲免費為村民開展室內消毒。

下｜為村民送贈物資。

病毒來勢洶洶，牛徑村雖然偏遠，但也未能倖免，不少村民染疫。李遠聲第一時間將原有的「牛徑村居民」群組轉變為抗疫群組，每日在群組公佈抗疫的有用資訊，通過群組了解確診需要援助的村民，分享抗疫的經驗等。他多方聯繫，從青晉義工團、八鄉鄉事會、仁化同鄉聯誼總會拿到一些抗疫物資，透過自己的人脈關係，籌集到連花清瘟膠囊和金花清感顆粒等抗疫中成藥，甚至自掏腰包購買物資。每天為村民發出的需求，及時將藥品和生活物資送上門，已經累計為 50 多戶送上物資。

現在，李遠聲每天起床第一件事就是查看群組裏村民的需求，他認為疫情應該有機會維持一段日子，他和另外兩位村長都時刻在線，做好了打持久戰的準備了，只要村民有需要，他們都會盡力援助。李遠聲真心誠意，將抗疫及市民生命視為使命擔當。

撰稿：Nora

圖片：受訪者提供

大公文匯網，2022 年 3 月 14 日

一家五口的抗疫日誌（上）

（一）初涉疫情　全家抗疫由此開始

今天是 2 月 14 日，星期一。港府公佈當日新增確診 2071 宗，新增個案首次突破 2000 宗，另有 4500 宗初步確診。

晚上 9：20 左右接到同事的電話，告知今天早上提交的家屬檢測瓶結果出現了異常，那一刻大腦有點發懵，第一反應是「不會吧，這種事竟然能發生在了自己身上」。同事可能感受到了我那一刻的無助甚至是驚恐，一再安慰「不要慌，不要慌，先把家人做適當的隔離，等待結果進一步確認。」

時間在一分一秒中過去，但等待結果的每一分每一秒都顯得格外漫長。晚上 12:00，專責防疫的同事打來電話說「確定了，是中招了」。一家五口人的抗疫之路由此開始。

（二）奶奶確診　尋藥救急

今天是 2 月 15 日，星期二。港府公佈當日新增 1619 宗確診，另有約 5400 宗初步確診。

凌晨 1:00，專業監測機構的兩名工作人員全副武裝再次上門採樣，進行再一次的結果確認。一夜基本無眠，仍是在等待中過去。早上 8 點半，結果傳來 ——「顯示陽性的是小孩的奶奶，其他 4 人正常」。

那一刻，能感受到小孩奶奶深深的自責和生怕再傳染給家人的擔心。好的是，昨天晚上已經一定程度上做好了接受「不幸」的心理準備，當靴子終於落地確定，剩餘的就是接受和應對了。

上午，小孩奶奶除了嗓子有點乾澀和體溫稍高之外，沒有其他明顯的症狀，肉眼可見的是她的精神不太好，可能是昨晚沒有休息好，外加病症帶來的正常疲倦反應。小孩爺爺說嗓子有點乾澀，但不嚴重。我、小孩媽媽和小孩都沒有什麼不適。在網上查了「攻略」，給小孩奶奶用了布洛芬緩釋劑降溫，連花清瘟膠囊緩解嗓子疼。一位老鄉大哥前幾天送來的巴西蜂膠也是人手一瓶，不時拿出來噴一噴嗓子，期待起到一定的殺菌消炎作用。心裏不斷默念，趕緊好起來、趕緊好起來。

中午時分，小孩奶奶搬到了一個空間更大點的房間隔離。中間問詢情況，她說都好，就是睡醒時有點胸悶。第一反應是，胸悶比發燒、喉嚨痛要嚴重，不能再用老辦法應對新問題了，看來得尋找新的辦法了。

第一時間想到了老鄉曹總，想到了「樂復能」—— 朋友圈曾有老鄉求助找尋，原本是一款廣譜抗病毒生物大分子藥，主要用於慢性乙肝的治療，已在內地上市多年，且納入了內地醫保。新冠出現後，樂復能的廣譜抗病毒優勢也得到逐步顯現，臨床試驗證明在新冠的「防與治」方面效果明顯。

升級後的抗疫「三件套」，樂復能、霧化器、生理鹽水。

打電話給曹總。曹總直率而鎮定地說「別慌，用樂復能。你發地址，我安排人送」。下午 4:30 左右，一邊曹總安排的人送的 2 盒樂復能、1 個手持便攜式霧化器到了；另一邊，朋友去買的生理鹽水和另一台霧化器也到了。物資到屋，內心安穩了不少。

「治療用 1/3 瓶的生理鹽水 +2 支樂復能，一天 2 次，連續用 2 到 3 天。預防用 1/2 瓶的生理鹽水 +1 支樂復能，連續用 2 到 3 天。記得用藥後測體溫，對付新冠，樂復能行！」曹總指導着用法和用量，傳遞着希望和力量。

小孩奶奶在下午 17:20 和晚上 23:50 分別用樂復能霧化 2 次，每次用藥 2 支。小孩爺爺、我、小孩每人霧化 1 次，每次用藥 1 支。小孩媽媽讀了藥品說明書，說自己有禁忌症，就不用了，能感覺到她對藥品的珍惜，想把來之不易的「特效藥」讓出來給老人、小孩和我用。

晚上快 12 點時，曹總打來電話，問詢小孩奶奶的情況。「第一次用藥時體溫 38.5 度，第二次用藥體溫 36 度，感覺良好。其餘 4 人從感覺上來說也都一切正常」。「明天一早繼續給老太太用藥，奧密克戎快再見了」，聽得出曹總對自家產品充滿信心。

今天是正月十五，晚上煮了湯圓，但大家的胃口都不好。期待明天胃口能變好，一切都持續向好！

（三）全力自救　奶奶開始獨自隔離

今天是 2 月 16 日，星期三。港府公佈今日新增 4285 宗確診，另有約 7000 宗初步確診，合計突破 1.1 萬宗創新高。

按照昨晚曹總的交代，早上 8:25 就給小孩奶奶配好了霧化藥。小孩奶奶說，昨天夜裏沒有發燒，也沒有昨天出現過的頭痛、喉嚨乾。霧化完成後測體溫，36.6 度，一切都好。下午 4:20，第二次霧化完成。下午體溫稍有反覆，最高時錄得 37.6 度，至傍晚時分體溫正常。

今天一天不時有師長、朋友打來電話或是發來信息，問詢近況。有的問得小心謹慎，有的說得簡單直入，暖心話語都記在了心中，特別希望身邊師長親友都平安，都保重！

今天，小孩爺爺、小孩和我也都按一支樂復能的劑量完成了霧化。將近 4 歲的兒子已主動要求帶霧化面罩了，由昨天第一次做霧化時的害怕、哭鬧，變成了今天的接受、順從，除了他覺得把霧吸到口中很好玩，可能也是意識到接受了治療才能早點見到在對面房間隔離的奶奶。希望這次疫情不要沾染到孩子的身上。

昨晚囑朋友今天採購一些抗原快速檢測包送來，想看看 2 月 15 日凌晨檢測後的變化情況。其實，主要的擔心是經過這一兩天的發展，小孩奶奶身上的「陽性」是否也因為密接傳染給了小孩爺爺、小孩媽媽、小孩和我。

按照說明書指引的操作流程，5 人逐一做了自採檢測。結果顯示，小孩奶奶顯示的是「雙道杠」的「陽性」，其他四人顯示的是「單道杠」的「陰性」。雖然有專業人士說抗原檢測沒有核酸檢測準確，但在當下隔離條件有限、檢測條件有限的情況下，抗原檢測顯示的「陰」，無疑也是一個好消息 —— 可能是 4 個人足夠的幸運，更可能是每天一次的樂復能吸入，成功抵禦了病毒的入侵。

總的來看，今天小孩奶奶病症較為平穩，經過短暫的體溫波動後，體溫在晚飯時恢復了正常。小孩爺爺和我今天也出現了發熱現象，小孩爺爺最高 38.5 度，我最高 38 度。小孩爺爺感覺發熱不是好現象，說要搬到小孩奶奶隔離的屋子去住，免得影響到了小孩，被小孩媽媽制止了，理由是中午的抗原檢測沒有顯示「陽性」，還是留在這邊 4 個顯示「陰性」的人在一起為好。另外我們寬慰他說，發熱是自身的免疫系統正在同入侵的病毒做鬥爭，發熱反倒是好事。

小孩奶奶在對面的隔離房間一個人隔離，中午檢測依然是「陽性」後，小孩奶奶把她的門看得很緊，輕易不讓人進入、靠近，測量體溫後報溫度也是電話聯繫。傍晚時分，她還打電話給小孩媽媽，講的話題是聽小孩爺爺說我今天吃東西不多，要小孩媽媽勸勸我別提太大勁，照顧好自己。這就是天下父母心，孩子永遠是第一位。當然，孫子也是第一位，能感覺到奶奶隔着一道門對她孫子的思念。

晚上 9:00 曹總打來電話，通報了兩個好消息：一是同兩家駐港機構的捐贈意向已經達成；二是正努力擴展對港的捐贈路徑，盡最大努力幫助港府、幫助周圍朋友抗擊疫情。同樣希望香港走出疫情陰霾，早日重回朗朗乾坤、市井繁榮的景象。

（四）戰線拉長　全家再多兩人染疫

今天是 2 月 17 日，星期四。港府公佈當日新增確診 6116 宗，另有約 6300 宗初步確診。

新的一天從凌晨 3:30 開始。夜裏睡得正香，朦朧中聽到小孩爺爺去了衞生間，隨後有嘔吐聲傳出。隔着房門問詢，他說昨晚睡覺前就覺得胃裏有點不舒服，睡到半夜堅持不住就吐出來了，現在還覺得有些發熱。想起床看看小孩爺爺怎麼樣，剛站起來覺得自己也冷得發抖。小孩爺爺說吐過之後感覺好多了，我就囑他吃一片退燒藥、多喝點水，我也起來吃了兩片退燒藥，繼續睡了。

早上醒來，問了小孩奶奶的情況，小孩奶奶說自己狀態很好，昨天沒有再發燒，仍然按照兩支「樂復能」的劑量做了霧化。小孩爺爺情緒有點低落，執意要搬到小孩奶奶隔離的房間，說發燒、嘔吐就是症狀，要趕緊遠離小孩，保護好小孩。我自己心裏也沒有底，就用昨晚同事托朋友寄來的快速檢測試劑給 5 個人都做了檢測。結果顯示，小孩奶奶依然是陽性，小孩爺爺和我已由昨天的陰性轉成了今天的陽性，小孩媽媽和小孩還是陰性。至此，一家五口中，3 人感染，2 人暫時安全。於是我們決定，為了保護小孩媽媽和小孩，小孩爺爺和我搬到小孩奶奶居住的房子，開始 3 人一起的隔離。

由於原本曹總投送的藥量是按照小孩奶奶 1 人染疫治療、其他 4 人以預防為主準備的，新增兩人確診陽性，也意味着用藥總量的增加，15 日下午送來的兩盒 20 支今天就見底。問題的關鍵是受疫情影響，藥物來港還需要一定的時間。熱心的曹總又不斷地聯繫，分別從兩個人手中「回收」了兩盒，送了過來，先供救急之用。有藥在手，內心踏實了很多。

今天小孩奶奶狀態不錯，自我感覺勝利在望了。小孩爺爺和我卻一直處於反覆發熱的狀態，特別是小孩爺爺中間嘔吐了幾次，不想吃、也不敢吃。很是擔心他的身體，希望過了今晚就能好起來。

晚上 8:00，曹總打來電話，說又想辦法找到了兩盒，明天安排人送來。疫情當前，珍惜來之不易的藥資源，感恩曹總費盡周折、傾囊相贈。希望在疫情氾濫的當下，內地能同香港能打通一條對接「綠色通道」，讓包括樂復能在內的抗疫物資，能夠順暢、快捷地到達香港，送達有需要的地方！

（五）充電學習　認識病毒和免疫力

今天是 2 月 18 日，星期五。港府公佈當日新增確診 3629 宗，另有約 7600 宗初步確診。

早上起來，逐一問詢每個人的情況。小孩奶奶持續了從昨天早上開始的向好勢頭，依舊沒有發熱、頭痛等症狀。

樂觀估計，今天繼續用藥兩次、每次兩支，有望今天晚上由「陽」轉「陰」；小孩爺爺昨天一直持續的發熱、嘔吐現象也沒有了，除了還咳嗽，其他一切都好；我的自我感覺還好，稍微低燒，37.6 度左右，間或咳嗽，但整體感覺已無大礙。

給在對面居住的小孩媽媽視頻，小孩媽媽說她有點發熱的跡象，量了體溫是 37.2，渾身乏力，感覺自己是中招了。小孩沒有什麼異樣，照舊躺在床上時而溫順、時而故意使壞的樣子。我囑咐小孩媽媽用快速核酸檢測試劑自我檢測一下，結果顯示，他們兩個的結果都是「陰性」。希望這種「陰性」能一直存在下去，小孩一直安然無恙，小孩媽媽的暫時發熱和疲倦只是自身同病毒的入侵做鬥爭，最終病毒看無機可乘，乖乖溜走。

下午 6:00 小孩爺爺量了體溫，39.5 度，歷史最高值。6:40 小孩爺爺還是在衞生間裏吐了，看他難受，感同身受。整體來看，今天小孩爺爺的狀態算一直都好，希望臨近傍晚的這次發熱是自身免疫力同病毒的最後一次搏擊，「滾蛋吧，病毒君」，我們真的真的不歡迎你！

晚上 8:30 曹總打來電話，問詢今天的情況。說到臨近傍晚小孩奶奶、小孩爺爺和我都發熱時，曹總解釋偶爾的發熱屬正常現象，原因是霧化吸入樂復能後，自身免疫力得以提高，發熱正是自身免疫力同病毒鬥爭的結果。話題延伸開來，曹總舉例說，自 1918 年致 5 億人感染的流感大流行以來，人類對流感病毒的研究已經超過了 100 年，100 多年來，在應對流感病毒的歷程中，人類從來沒有憑藉任何一款藥物直接殺死過任何一種病毒，都是先通過提高人體自身免疫力，再用自身的免疫力來殺死病毒。同理，殺死新冠病毒的唯一依靠也是自身的免疫力，「樂復能」的終極秘密就是依靠「重組細胞因子基因衍生蛋白」高效提升人體的自身免疫力，從而實現其廣譜、高效的抗病毒功用。

值得暫時高興一陣子的是，今天白天小孩媽媽有了輕微發熱現象，生怕是感染的先兆，晚上囑她用快速檢測試劑做了檢測，結果顯示小孩媽媽和小孩都是陰性，希望一直陰性到底，加油，堅持住！

晚上也用快速檢測試劑給小孩奶奶做了檢測，結果顯示依然是陽性。雖無驚喜，想想也屬正常，到今天晚上小孩奶奶雖是持續用藥第四天完畢，但從 2 月 15 日下午 5:30 第一次用藥至今天傍晚，有效時間滿打滿算是 3 個晝夜。不急不急，樂復能對付「德爾塔」病毒的臨床試驗數據顯示由陽轉陰平均需要 7 天左右，只要小孩奶奶保持持續向好的態勢，用樂復能戰勝「奧密克戎」病毒也就近在眼前了！

晚上 10:00，喝上一碗熱牛奶，準備洗洗睡，期待明天是一個新希望不斷出現的一天。晚安！

撰稿：Gavin Zhang

大公文匯網，2022 年 3 月 14 日

一家五口的抗疫日誌（中）

（六）雨水節氣　小孩和媽媽病徵初顯

今天是 2 月 19 日，星期六。港府公佈當日新增確診 6063 宗，另有約 7400 宗初步確診。

昨天晚上睡得比較沉，一覺醒來快到 9 點。照例先問詢一下身體狀況，小孩奶奶和小孩爺爺都說感覺不錯。小孩爺爺夜裏沒有再起熱，也沒有出現讓人擔心的嘔吐現象，就是說話時鼻音還比較重。我自己除了感覺疲乏倦意、嗓子乾澀之外沒有其他不適。小孩奶奶說，昨天夜裏她注意到我們 3 個人咳嗽的次數也明顯減少。一切都在向好的方向繼續。

小孩媽媽和小孩那邊，還是最讓人擔心的。早上醒來，看到小孩媽媽凌晨 4 點多發來微信，說「睡不着了。吃了一個退燒藥，喝了兩包金銀花顆粒，燒退了，身上不疼了，頭也不疼了，就是睡不着。」估計是昨天夜裏又感不適加重了，就起來用了藥。打視頻電話過去，小孩媽媽已起床，說喉嚨特別疼，說話、喝水都疼，先在客廳裏做快速測試，我在視頻裏問「小孩怎麼樣」，沒等她回答，小孩在臥室裏大聲搶答「沒事兒，沒事兒」。聽聲音狀態不錯，小孩媽媽也說小孩狀態沒有異常。

小孩媽媽和小孩自測的結果出來了，兩人都還是「陰性」，期待奇跡一直維持下去。但小孩媽媽持續了兩天的不適，很符合「中招」的症狀，或者說是「中招」的前兆。同曹總溝通了情況，考慮到潛在風險的未知，決定從今天起讓小孩媽媽增加用藥量，由原來的「一天 2 次、每次 1 支」提升到「一天 2 次，每次 2 支」，爭取不出現由「陰」轉「陽」的情況。

下午不放心小孩媽媽和小孩，視頻了解最新情況，小孩媽媽說嗓子還是有被什麼東西糾纏住的感覺。小孩還好，問「感覺怎麼樣」，回答「沒事、沒事」；追問「有沒有什麼不舒服」，回答「沒有、沒有」，然後嚷着「做霧化、做霧化」。經過幾天的實踐，小孩已經完全接受霧化，並且可以自己手拿霧化器自行吸入了。囑咐小孩媽媽利用小孩自己霧化的空檔再做一次檢測，不同於早上從鼻腔取樣本，這次就從感覺難受的咽喉部位取樣，同早上的結果做個對比驗證，跟進一下最新情況。下午 5:17，小孩媽媽反饋，結果還是「陰性」。忐忑的心，暫時還可以踏實一陣子。加油，一定堅守住！

今天還發生了一件特別的事情。與前兩天提到的話題有關，因為疫情的原因，內地與香港的物流通道受到嚴重影響，已經發貨的「樂復能」何時到港成了未知數，這兩天的應急用藥都是曹總從東家「召回」1 支、從西家「徵用」1 支這麼湊出來的。下午 1:50，曹總發來信息「找到 2 盒藥，馬上安排閃送」。感覺 2 盒藥到手，明天用藥可無憂。內心歡喜，安心等待。下午 3:48，曹總打來電話問詢「收到沒有」，答曰「還沒有」。大約 5 分鐘後，有電話打入，說是送貨的，解釋說今天下雨路上有點堵，稍晚一會到，回覆「不急」。過了一會手機又響，曹總打來的，「有個突發情況，有一位朋友也不幸中招了，剛剛打電話過來找樂復能救命，這兩天香港朋友處的零星庫存藥都被我們搜刮回來了。這樣，一會兒兩盒藥送到，你留下 1 盒，先勻出來一盒支援那位朋友應急」，「收到，明白」。4:30 左右，藥品送到，留下 1 盒，囑負責送藥的將另一盒送曹總處。晚上，曹總反饋信息，「樂復能」已在另一個地方履行治病救人的使命，受益者又多一人。聽後，心中甚慰。

總體來看，今天一天全家 5 口整體表現都不錯。小孩奶奶沒有什麼不適，今天晚上做了一次檢測，結果暫時還是「陽」，但感覺離轉「陰」越來越近了。小孩爺爺下午有一陣子體溫較低，維持在 35.5 度左右，分析可能是氣溫偏低、飲食較少、代謝緩慢所致，自我感覺還好，其他暫無大礙。我除了鼻音重、有倦意外，其他都好。小孩一切也都好，這兩天也給他特殊關照，讓他多看了一點動畫片。唯一的擔心是小孩媽媽一整天都嗓子疼，但一天兩次的抗原檢測都顯示是「陰性」。希望她的嗓子疼，僅僅是嗓子疼，與病毒無關。

睡前檢視，5 人體溫都正常，除小孩媽媽嗓子疼痛外，其他都好。期待小孩媽媽和小孩的陰性結果能繼續保持，期待明天一切都更好！晚安！

（七）全家「淪陷」　一家五口全員參戰

今天是 2 月 20 日，星期日，港府公佈當日新增確診 6067 宗。

今天早上起床第一件事，就是讓小孩媽媽給她和小孩做檢測。擔心的事情還是發生了，小孩媽媽和小孩雙雙「中招」。知道這個結果大概率是會要來的，畢竟 5 個人在一個相對密閉的空間裏待那麼久，感染是正常，不感染是奇跡。但從前天到昨天，檢測多次還一直顯示是「陰性」，內心還是期待着小孩媽媽和小孩能平安闖關。小孩爺爺、奶奶和我也做了檢測，結果沒有出現期待中的陰性，驚喜沒有出現，但也在意料之中。至此，全家「淪陷」，5 人全部參戰。

得知小孩媽媽和小孩的檢測結果，小孩奶奶哭了，擔心、傷心和自責混雜的那種。扶小孩奶奶坐下，想辦法安慰着她，小孩爺爺說「哭吧、哭吧，憋太久了，釋放一下」，明顯看得出小孩爺爺心裏也很難受。小孩奶奶平復下來，我想下一步該怎麼辦。給內地有一線抗疫經驗的醫生朋友打電話，問詢這種情況下，3 人屬於感染後的恢復期，2 人屬於剛測出感染，可否相互走動，答覆是「可以的」。於是決定，我回到小孩媽媽和小孩那邊，陪伴小孩媽媽，一起照看小孩。

昨夜至今早，從自身感覺來看，小孩奶奶說睡覺時有點氣喘，但不嚴重，繼續觀察，其他都好；小孩爺爺說昨天夜裏一直沒有睡好，猜想可能是思想壓力大所致，其他都好；我基本還好，就是感覺有點缺覺；小孩媽媽還是延續持續了兩天的嗓子疼，結果轉陽，其他沒有改變；小孩依舊是說自己「沒事沒事」，測量體溫也是正常，祈禱已轉為「陽性」的他能繼續堅挺，勇敢地戰勝體內的「怪獸」。

隨着轉陽人數由 3 人變為 5 人，藥物的消耗量明顯增加。曹總的大批量藥還沒有到港，原本 3 個人的用藥都是東挪西借出來的，新增 2 位確診者，意味着又要增加一定的用藥量。全港尋藥、緊急馳援，上午 12:30 一盒藥被曹總從九龍東召回送到，下午 5:15 一盒藥從港島南直投送到，今天的用藥有了着落，還會略有結餘。期間，曹總也傳來好消息，期盼多日的兩件「戰略物資」終於送達家中，囑暫不啟用「康復中的減量用藥」備用方案，5 人全部按「每次 2 支、每天 2 次」的治療方案繼續。

同一位師長交流，提到感染新冠的主要症狀，除了發熱、疲倦、嗓子疼、頭疼等之外，還有小孩爺爺曾經出現過的的嘔吐現象，但查看網上資料，嘔吐的症狀並不常見。回想當時的情況，當時看小孩爺爺很難受的樣子，就按照朋友圈醫囑讓小孩爺爺吃了連花清瘟膠囊，想讓他緩解一下不適，用藥後有了嘔吐。小孩爺爺說感覺連花清瘟藥太涼，刺激着嗓子不舒服，吃了兩次之後就不敢再吃了。恰巧晚上又看到一些資料，介紹連花清瘟膠囊的成分、藥效和使用禁忌，看來並不是每個人都適合服用，還要因人而異、辨證施治。

回顧一整天情況，今天小孩奶奶、爺爺和我進一步恢復中，感覺離勝利越來越近；小孩媽媽「中招」之後的表徵依舊是嗓子腫痛，雖是「中招」後的第一天，但病症已經持續了 3 天；小孩早上檢測出「中招」，我們的觀察和他自己的反映「沒事、挺好」一直持續到下午 5 點。5:15 給他量體溫，體溫已上升到 38 度，但精神狀態還好。6:20，仍是 38 度。7:15 開始出現鼻塞，8 點左右說肚子疼，量體溫還是 38 度。肚子疼並不是新冠的典型病症，有點擔心，好的是大約 9 點左右說肚子不疼了，懸着的一顆心才算放下來一些。持續體溫檢測至午夜，體溫還算穩定，發熱但不算高，38 度左右，希望後半夜都好。今天的用藥情況，小孩奶奶、小孩爺爺、小孩媽媽、小孩和我都按每次 2 支、一天 2 次的治療方案持續。今天 5 人合計用藥 20 支。

疫情仍在世界各地蔓延，主要疫區的感染數字每天都有不少新增。最新消息是，英國女王也感染了新冠，檢測結果是陽性。有熟知「樂復能」功效的師長說「先給女王寄兩盒」，這其中，有對「樂復能」的信任，有也對疫情早日退去的深切期待。20 日夜，今天已成過往，新的一天見！

（八）大人安好　小孩症狀讓人揪心

今天是 2 月 21 日，星期一。港府公佈當日新增確診 7533 宗，另有初步陽性病例 6892 宗。

今天早上起床第一件事仍舊是問情況、做測試。小孩奶奶、小孩爺爺反饋說除了半夜偶有咳嗽，其他都好。我依舊是鼻音有點重、嗓子有點乾，其他都好；小孩媽媽嗓子腫痛繼續，其他都好。小孩凌晨 3:00 體溫達到最高值 39 度，用了 2.5 毫升的布洛芬混懸滴劑後，體溫逐步恢復正常，一直熟睡到天亮。小孩奶奶、小孩爺爺和我 3 個人做快速測試，3 個人的結果依然是「雙道杠」的陽性；與昨天檢測稍有不同的是，小孩奶奶和我的「雙道杠」中的「紅杠」印跡很輕微，且從沒有印跡到最終印跡顯現用時也較長，這或許是病毒量減少，或是情況轉好的表現。小孩爺爺的檢測，「紅杠」印跡還很明顯。小孩媽媽和小孩由於昨天首次檢測為陽性，理論上不存在一天就轉陰的可能，就沒有做快速測試。

白天收到了一些來自領導、同事、知情親友和師長老鄉的關心問候，他們給予了信心和力量、溫暖和希望，一併記在了腦中，刻在了心中。回顧一整天情況，今天小孩奶奶、小孩爺爺和我進一步恢復中，特別是從今天早上的檢測結果來看，小孩奶奶和我有望領先。晚上 10:00，小孩奶奶和我又用檢測包進行了自測，紅色線條比早上來得更慢、痕迹更不明顯，我同曹總說「基本可以宣布勝利了」。回頭來看，小孩奶奶按「每天 2 次、每次 2 支」累計用藥 7 天；我按「每天 2 次、每次 1 支」用藥 4 天，按「每天 2 次、每次 2 支」用藥 3 天。

今天，小孩媽媽的喉嚨痛得到了初步緩解，但症狀還是沒有明顯消退，吃飯、喝水時依舊表情痛苦。小孩的體溫時有起伏，但總體來精神狀態還好。晚上 10:30 錄得小孩染疫以來的最高體溫 39.3 度，用了較早前養和醫院兒科醫生開出的「痛熱適」降溫，又用溫開水擦拭頭、手、腋下，體溫慢慢下降。11 點多，小孩有些哭鬧，染疫 2 天來第一次說「不舒服、鼻子不透氣」。媽媽按穴位、爸爸餵餅乾、手機裏播放着《啦咘啦哆警長》的故事，慢慢終於安靜下來。

今天的用藥情況，5 人都按「每次 2 支、每天 2 次」的治療方案進行，5 人合計用藥 20 支。

（九）勝利到來 最先兩人成功轉陰

今天是 2 月 22 日，星期二。港府公佈當日新增確診 6211 宗，另有初步陽性病例超過 8000 宗。

有了之前幾天的恢復或「抗爭」基礎，今天是充滿期待的一天 —— 期待小孩奶奶和我確定轉陰，期待小孩爺爺持續向好加快轉陰，期待小孩媽媽喉嚨疼的症狀持續減輕，期待小孩今天開始不再發熱。

早上，家裏的快速檢測試劑只剩下了最後 1 個，新的檢測試劑要到下午才送過來。利用僅有的 1 個給小孩奶奶做了檢測，檢測結果是期待中的「陰性」，好消息！期待新的檢測試劑盡快到來，自己也體驗一下檢測結果為陰性的快樂。下午 4:30，用新到的檢測試劑給小孩爺爺和自己做了檢測，小孩爺爺依舊是雙道杠的陽性，而我，已經迎來了期待中的陰性。至此，5 人中的 2 人已成功轉陰。

上午，曹總打來電話，告知昨天有一批從內地過來的物資已順利抵港，身邊的老鄉群體也將逐步得到樂復能的保護，昨天上午從老鄉處應急「召回」的 2 盒藥也安排人完成了「償還」。在疫情失控的當下，樂復能代表的是疫情期間的一份安全。還有一個消息是，「樂復能」首批物資已經到港，相信受益的人群將越來越多。

回顧一整天的情況，今天小孩奶奶和我由陽轉陰；小孩爺爺雖然檢測還是陽性，但感覺轉陰在最近一兩天內應該會發生；小孩媽媽嗓子疼痛的症狀明顯減輕，嗜睡是今天最顯著的特徵；小孩今天一天沒有發熱，鼻塞症狀也基本消失。一切向好，持續向好！今天的用藥情況，小孩爺爺、小孩媽媽、小孩 3 人依舊按「每次 2 支、每天 2 次」的治療方案持續。小孩奶奶和我因為已經轉陰，按照「每天 1 次，每次 1 支」的劑量繼續強化，掃一下尾巴。今天 5 人合計用藥 14 支。期待用藥量盡快下降，把更多的資源投放在更有需要的人身上！

朋友圈今日熱傳的一幅圖片，說是「現在的疫情中除了中國內地站着，其他國家都選擇了『躺平』。最辛苦是香港，一直在做仰臥起坐」。祝願香港盡快好起來！

（十）安心等待 等待是抗疫基本功

今天是 2 月 23 日，星期三。港府公佈當日新增確診 8674 宗。科創局副局長鍾偉強初步確診，立法會議員麥美娟快速測試呈初步陽性。

今天的主題是「等待」—— 等待着小孩爺爺檢測結果轉陰，等待着小孩媽媽和小孩持續向好，等待着前期有聯繫的病友都能有好消息傳來。

早上起來，例行問詢情況，家中 5 口人昨天晚上均沒有異常，症狀在消退，保持住已有成果就能勝利。給小孩爺爺、小孩媽媽和小孩做了快速抗原檢測，3 人依舊呈陽性，沒有驚喜，但也沒有意外，到了抗擊病毒的後半程，除了繼續用藥，餘下的只能是等待。

今天也有不好的消息傳來，下午 4 點多，朋友 W 說他不幸中招了。可能已經接受了隔三差五就有身邊的人倒下，他倒顯得沒有那麼恐慌，通話問詢發病的主要症狀以及有哪些注意事項，感覺他已能坦然面對了。從人與病毒有力抗爭的角度看，坦然面對應該算作對付病魔的第一步，事已如此，躲也躲不掉，總得積極面對。將之前幾日的抗爭經歷與他分享，期望對他能有一些幫助。

晚上 7 點多，與同住一棟樓的一位大哥通電話，得知樓下一位朋友家裏的老人也出現了情況，心立刻揪了起來。因為根據自家經驗，從香港普遍擁擠的居住條件來看，一家一人感染往往最終會牽連全家。另外，同住一棟樓，雖然現在已經無法推論是什麼原因誘發的感染，作為一棟樓的最先感染者，內心無疑還是很愧疚的。發微信過去，「抱歉，連累你們了！」電話隨即過來，「不要有這種想法，誰也想不到的事，現在感染的途徑太多了。」內心滿是感動和溫暖，疫情當前，共患難，不抱怨，抱團取暖。隨後，將抗疫的經歷完整分享，希望能對他有所幫助。

疫情氾濫的當下，任何人都不能置身事外、獨善其身，希望沒染疫的加倍小心小心再小心，已染疫的一定要堅強、勇敢，充滿信心地去面對。翻看消息 —— 韓國增逾 17 萬宗新冠確診病例，疫情以來最高；新加坡新增 2.6 萬多宗新冠病毒確診個案，打破本月創下的單日 1.9 萬多宗的紀錄；歐盟成員國通過，下月起容許已接種獲歐盟及世衞批准使用的新冠疫苗的旅客入境 —— 一副「躺平」接受的樣子。700 多萬人的香港、14 億人口的內地，如果「躺平」放任病毒肆虐，那將是一副多麼恐怖的模樣？！

今天，小孩奶奶和我停止用藥，小孩爺爺、小孩媽媽和小孩依舊按照「每天 2 次、每次 2 支」的劑量霧化治療。但由於小孩第二次霧化開始後不久睡着，小孩媽媽遂用餘下的藥量給自己做了霧化，故全天合計消耗 10 支。

臨近 11 點，睡覺，晚安，明天見！

撰稿：Gavin Zhang

大公文匯網，2022 年 3 月 15 日

一家五口的抗疫日誌（下）

（十一）繼續等待　抗疫如同爬山過坎

今天是 2 月 24 日，星期四。港府公佈當日新增確診 8798 宗。自 1 月 22 日凌晨第五波疫情爆發以來，香港累計確診 70926 宗。自 2020 年疫情爆發以來，香港累計確診 84046 宗。

今天凌晨在照看小孩中度過。昨晚睡覺前小孩有輕微的發熱，所以不敢大意，給手機定了鬧鐘，從零點開始，每間隔 1 小時鬧鐘響 1 次。心中有惦記，睡得不踏實，一直沒有睡意。凌晨 1:20，感覺小孩體溫升高，量了體溫 39 度，思索了一下覺得體溫過高，不能單靠免疫力硬撐，就用了 4 毫升的布洛芬混懸滴劑，外加用溫水擦拭手臂輔助退熱。凌晨 2:30，感覺小孩有了明顯的出汗退熱現象。凌晨 3:00，測量體溫已降至 37 度。在相對安心的狀態下淺睡到天明。

早上起來，給小孩爺爺做了快速檢測，還是顯有「雙道杠」的陽性。從肉眼來看，紅色痕迹好像是比前幾天淡了一些，期待明天再測，就可以完全消失不見。小孩奶奶、小孩媽媽和我沒有不適的感覺，繼續用時間換空間，靠時間來復原。小孩醒來後，體溫正常、胃口很好，完全一副精精神神的樣子，希望狀態繼續，昨夜的發燒僅是他同病毒的最後一次交手，且病毒已被他打得落花流水、隨風去了。

今天發生了一件特別揪心的事。前幾天，一位朋友用很短的時間決定把妻兒送上了香港飛上海的航班。本想是一件可長出一口氣的好事情，沒想到乘坐的航班出現了問題，有了確診病例，且確診的小朋友在飛機上同朋友的女兒還有短暫的共同玩耍時光。上午不好的消息傳來，女兒已經發熱 38.6 度，下午再聯繫時，母女已由酒店轉運到了上海當地的醫院。看得出朋友的擔心和自責，本想讓母女遠離疫境，不想在途中卻遭遇了意外。寬慰他說，「進醫院就踏實了，內地醫生很專業，內地的醫療資源很充沛」。能做的僅僅是寬慰，說什麼、做什麼也替代不了他們一家幾口在不同地方經歷的共同煎熬。可惡的病毒，影響了多少個家庭的幸福。

今天其他幾個病友繼續在不同的地方同病毒搏戰——有的處在山尖同病毒鬥得正歡，有的正向上仰望等待到達山尖時的決戰，有的已經歷過山尖的打鬥帶着疲倦緩慢下山。不管怎樣，隨着時間的推進，每個人都將會走到屬於自己的勝利的終點。

回顧一天的情況，今天全家 5 人狀態都好，最擔心的小孩，也精神良好、平平安安。今天小孩爺爺、小孩媽媽和小孩累計用藥 12 支。

臨睡前，一個「壞消息」中的「好消息」傳來，朋友的太太和孩子已經順利入院，「內地隔離病房充足，醫院安排了兩間房，都靠近護士站，有什麼需要都方便」。在「壞消息」滿天飛的今天，期待明天是「好消息」不斷傳來的一天！

（十二）勝利過半　五人中三人轉陰

今天是 2 月 25 日，星期五。當日香港新增 10010 宗新冠病毒陽性個案，再創單日新高。另有呈報個案 21979 宗。

今天早上迎來了期待已久的好消息 —— 小孩爺爺在抗爭多日之後終於實現了由「陽」轉「陰」。窗外天很藍、陽光很艷，乘勝追擊，給小孩奶奶和我進行了陰性兩天以後的第一次複檢，給小孩媽媽和小孩進行了抗疫成果的第一次檢驗。抗原檢測結果顯示，小孩奶奶和我依舊是代表陰性的一條藍線；小孩媽媽雖然還是陽性，但紅色線條已屬若隱若現，一副勝利在望的樣子；小孩依舊是陽性顯示的藍紅相間，但精神狀態、身體狀態都不錯，考慮到不久前他剛剛經歷過一次發燒，料想最近體內的病毒該正處於潰敗階段，勝利也不會太遙遠。

香港疫情牽動着各方的心。欣喜地看到香港各界也有了不少積極行動，有派發物資的，有捐款捐物的，也有見到李嘉誠基金會捐款 5000 萬引導私家醫院接收病患。我所在的幾個微信群組，有不少人也走在抗疫前線，在不同領域充當着專業人士或是兼職義工的角色。曹總主導的在港鄉親抗疫互助群組亦建立並運行了起來，分享信息、鼓勁打氣、互報平安，鄉情瀰漫沖淡了香港這幾日的嚴寒。

今天有一個不太好的情況是：一位朋友，家有孩子前天抗原檢測已經轉「陰」，今天複測又變成了「陽」。電話請教了曾率隊赴武漢參加一線抗疫的內地專家 Z 醫生，得到的答案是 —— 病毒在人體內的分布不均勻，會因採集樣本部位的不同或是採集時間段的不同，導致檢測結果的不同。一般來說，出現「復陽」情況時，人體內的病毒載量已不太高，會出現有時測得出、有時測不出的狀況。傳統意義上所說的「假陰性」，大都也是因病毒載量較低、檢測精度不夠所致。

詢問 Z 醫生，家人部份轉陰、部份尚未轉陰該如何相處？Z 醫生建議還是適度隔離居住環境，最起碼要做到家人相處都佩戴口罩，避免因病程不同造成部份已轉陰人員的二次感染。Z 醫生也特別指出，已感染人士的自身免疫系統會得到一定程度的提升完善，即使二次感染，帶來的影響也會弱於之前，但並不意味着已感染人士可憑藉自己所謂的「免疫升級」而「肆意橫行」，還需避免風險暴露，注重自我防護。Z 醫生補充，新冠病毒的傳播途徑主要是人人傳播、人物傳播，除了做好人與人之間的隔離保護，也要注意生活環境、生活物品的病毒消殺，避免潛藏在環境中、附着在物品上的病毒再次入侵。Z 醫生建議，即便家人全部轉陰，也最好能做到居家時繼續佩戴口罩一週左右，以鞏固康復成效。

回顧一整天的情況，5 個人共同的特徵是都會偶爾咳嗽，但不經常、不嚴重，總體情況都好。小孩今天狀態不錯，食慾還好，三餐正常，昨晚睡前說餓加餐吃了兩個煮雞蛋，今晚睡前說餓加餐吃了 7 個餃子。用藥方面，今天小孩爺爺因為檢測已轉陰，遂減少了用藥量，僅做霧化 1 次、用藥 1 支，鞏固前期成果；小孩媽媽和小孩繼續按照「一天 2 次、每次 2 支」的藥量進行霧化治療；今天 3 人合計用藥 9 支。

25 日夜，這個世界很美好，期待疫情消退、世界和平！

（十三）四人勝利　抗疫進入掃尾階段

今天是 2 月 26 日，星期六。今日新增 17063 宗確診，再創單日新高。據媒體報道，食物及衞生局局長陳肇始表示，第五波疫情極為嚴峻，至今新增超過 81000 宗確診，形容程度前所未見，並相信疫情尚未見頂。

今天是有新進展的一天。早上起來給小孩媽媽和小孩做了快速抗原檢測，小孩媽媽的檢測結果如同昨天期待的一樣，只顯現了一條清晰的藍線，意味着小孩媽媽已經由陽轉陰；小孩檢測結果顯示的是藍紅相間的兩條線，意味着小孩的轉陰還需要一些時間，不過還好，小孩不哭不鬧，狀態良好，需要的僅僅是時間上的等待。至此，5 人中已有 4 人轉陰，一家五口的抗疫即將進入掃尾階段。

今天需要特別記錄的事情不太多。樓下的朋友一家人依舊按照「每天 2 次、每次 2 支」的劑量用藥復能做着霧化治療，反饋的情況是用後有輕微的發熱，共同探討原因，感覺發熱應該是用藥後人體免疫力同病毒鬥爭的結果。這兩天，「彈藥」較前幾日來說得到了一定程度的補充，曹總通報說他自己在家裏也按照「每天 2 次、每次 2 支」的劑量進行着樂復能的霧化吸入，當然曹總的目標不是「治」，而是在於「防」。或許是因為體內沒有病毒的跡象，曹總吸入之後倒沒有出現發熱現象。

上海方面是好消息傳來。朋友說「醫生反饋女兒今天不發燒了，血檢報告基本都在正常範圍之內，中醫也過來會診了，會給孩子煎服中藥」，「總體病情平穩，主要用中藥治療」。期待孩子平安，期待孩子的第一次上海之行能收穫健康的體魄、堅強的意志、獨立的精神。把磨難當成歷練，孩子加油！

今天，除小孩之外其他 4 人均已停藥，狀態良好；小孩除偶有流鼻涕現象外，其他都好。今天小孩累計用樂復能霧化 2 次，每次 2 支，合計用藥 4 支。臨睡前，小孩媽媽給小孩倒了一杯水喝，喝完後小孩還要再喝，他告訴媽媽說「我要多喝水，我要打敗病毒！」不到 4 歲的年齡，懵懂中已知曉了病毒的可惡。小孩加油，快快戰勝體內的病毒，希望未來你的世界不再有任何病毒！

（十四）全員勝利　抗疫歷程至此結束

今天是 2 月 27 日，星期日。截至 27 日零時，香港新增 26026 宗陽性個案，再創單日新高。第五波疫情至今累計 158683 宗陽性個案，疫情爆發 2 年來累計 16.5 萬人感染。

今天早上，給小孩做快速抗原檢測，從檢測液滴進檢測盒的那一刻起，眼睛基本沒有離開過檢測盒。1 分鐘，藍色線顯；5 分鐘，還是藍色線顯；10 分鐘，沒有紅色線；15 分鐘依舊沒有紅色線。結果鎖定 —— 小孩的抗原檢測已由陽轉陰。至此，全家 5 人均轉為陰性，抗疫取得階段性勝利。

一條純淨的藍，期待了很多天。向曹總、向部份了解情況的親友師長報告情況，祝福聲傳來，內心滿滿的感動。這些天，一家 5 口的抗疫經歷牽動着不少人的心，如果說今天的結果算作是一種勝利，其實這勝利的背後凝聚的是一群人的努力。感謝各位，感恩過往，這些天遇到的人、經歷的事都已深深地刻在了心底。認識的或不認識的病友們，望大家繼續努力，戰勝病毒，超越自己。

撰稿：Gavin Zhang

大公文匯網，2022 年 3 月 15 日

成功轉陰 —— 一位香港新冠感染者的方艙日記

入住方艙醫院第六天，連續多天陽性的自測結果終於轉為陰性！這是這些天裏最讓我振奮的消息。能夠恢復得這麼快，讓給我看過病的中西醫大夫都感到欣慰。說說我的經驗吧。

首先是治療。記得入住的第二天晚上，我開始有明顯的新冠臨床症狀，便主動打電話給香港醫管局為方艙醫院感染者設立的醫療諮詢熱線。雖然接電話的工作人員不是醫生，但她耐心地詢問我的症狀、傾聽我的需求，並承諾盡快安排醫生來為我服務。

第二天一早，醫管局安排的一位私家醫生打來了電話。就像平常我去看全科門診一樣，他為我問診並給我開了一些處方藥：撲熱息痛、撲爾敏、潤喉糖，主要是對症治療。當晚，方艙醫院的工作人員就把這些藥送到我的房間。

在入住的那天，我自己也帶了一些中成藥連花清瘟膠囊，通過香港浸會大學中醫藥學院提供的免費網上診症服務，在方艙醫院裏按醫囑每天服用。

飲食也很重要。青衣方艙醫院不斷改善一日三餐，注重午餐和晚餐的蛋白質攝入量。我和鄰居們還打電話要了額外

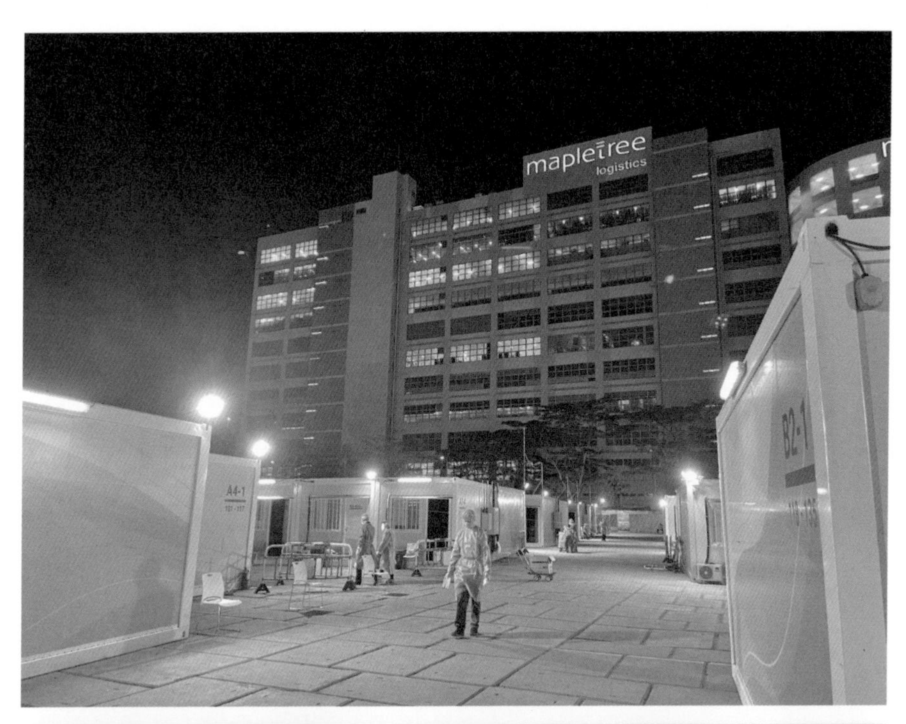

青衣方艙醫院。

的食物，工作人員也不時配發橙等水果，增加我們的維生素攝入量。我自己還帶了一些乳酪。

充分休息提升自身免疫力

休息和睡眠是關鍵。既然已經感染了，就需要靠自身免疫力戰勝病毒，疫苗、飲食、藥物都只能幫助免疫系統。多虧青衣方艙醫院的隔離房間建築用料扎實，隔音效果很好，鄰居之間不會互相打擾，夜裏我睡得很踏實。

前兩天，工作人員還送來了精神食糧，包括《大公報》、香港《文匯報》、《頭條日報》和《英文虎報》等，還可以向工作人員要休閒雜誌。飯後從報紙上看到治療新冠病毒口服藥即將在港上市的消息，大家都很振奮。

根據香港特區政府的規定，第六天和第七天連續兩天新冠病毒抗原自測盒結果呈陰性，我就可以離開方艙醫院正常生活了。

好消息愈來愈多。聽工作人員說，我所在的青衣方艙醫院裏，轉陰離開的人從此前的每天 100 多人，最近一週已經上升到每天 200 多人。今晚我打算繼續睡個好覺，期待明天再次陰性，給更多的感染者帶去信心和希望！

撰稿：顏昊

新華社，2022 年 3 月 15 日

從寒心到暖意：我是這樣被抗疫物資「砸」中的

新冠疫情突如其來，我們全家都不幸中招，只接種一劑疫苗的我更要居家隔離14日，家中食米等物資儲備告急。上週五，我先生曾經致電社會福利署求助，但卻被「拐彎抹角」拒絕，萬萬想不到，僅僅過了3天，劇情大反轉，我家被政府防疫物資「砸」中了，只是過程有些「謎」。

我猶記得當時，先生充滿期待地撥通社署電話，希望可以送一些米麵等抗疫物資。因為說普通話需要等待專門接線員，在漫長的等待中伴隨着的只有電話另一頭嘻嘻哈哈的談笑聲。即使等到了普通話接線員，卻被告知物資需要3至4日才能安排到，又說倒是先生可能已經康復，不需要社署援助，因此不會安排物資派送。

先生憤憤不平地掛斷電話，在他的描述中除了對政府抗疫無能的失望，我更感到了「不會說粵語」的委屈。於是我另闢蹊徑，用英語再次撥通社署電話，同樣經歷漫長等待，接線員的英語不算流利，但在磕磕絆絆的交流後答應會有專人聯絡。果然不到10分鐘後，我就接到了社署電話詢問地址及染疫情況，還說會給我的7個月寶寶準備一些食物，但需要等待三四天。沒想到，僅僅是換了一種語言，終於讓我

上｜幾經波折才收到的抗疫物資箱。

下｜抗疫物資中竟有一罐嬰兒奶粉，令人驚喜。

受到了政府抗疫安排的「恩澤」。

到週一下午，我家如願收到抗疫物資箱，裏面有幾個罐頭食品、2 小包餅乾、2 小盒牛奶、1 小袋大米和兩塊即食麵。讓人驚喜的是，竟然有 1 罐二段嬰兒奶粉，恰好適合寶寶的月齡。最讓人意想不到的是，收到物資箱後不到一個小時，又有快遞上門送來 3 個箱子，裏面有整包餅乾、整排牛奶、豐富的罐頭食品和米麵。

原來，先生當日早上就收到兩通電話，接線員不僅說普通話，而且態度非常懇切，認真詢問家中情況，答應 1 至 4 天內送來一些必備食物。當天下午，抗疫物資就到了。這令原本對社署頗有微詞的先生一時哭笑不得，是什麼動力令社署在拒絕求助 3 天後轉變態度，這麼快就送來豐富物資。我也不明所以，只告訴先生，特首週日說了要加大物資派送，不過誰能想到，特首的一句話竟然帶來這麼明顯的轉變。

我們一家染疫後沒有去醫院看病，在絕望中憑同事和老友的「投餵」熬過病毒發作的那幾天。在對港府抗疫感到寒心時，突然收到社署送來的抗疫物資，有了些許暖意。要是特區政府各個部門都能以這樣的效率制定嚴格的防疫措施、落實各項防疫政策，讓患者及時得到救助和醫治，相信我們一定能戰勝疫情。

撰稿：吳白丁

圖片：作者提供

大公文匯報，2022 年 3 月 15 日

一家三口確診缺糧　街坊輪流送暖

新冠肺炎疫情下，不少居家隔離人士需靠親友運送物資。一名居住元朗的港媽發文分享，指自己和兩名兒子相繼染疫，家中物資和糧食漸漸不足，不少媽媽級街坊得悉後主動伸出援手，為她送上藥物、代買餸買生果，塞滿雪櫃，事主感謝一眾街坊無私相助，明言日後如有需要，「我都一定會出現」。

一名女網民本週三（16 日）在 Facebook 群組「你食在元朗。我卻在大牌檔」中發帖表示，兩名兒子日前做快速測試結果呈陽性，她亦出現喉嚨痛症狀，形容本週四（17 日）「開始吞緊玻璃」，相信亦已染疫，一家人需要居家隔離。

事主稱儘管早已準備大量食物，但慢慢亦發現物資和糧食不夠，「始終有好多嘢用到、食到先發現冇 / 唔夠」，未料不少元朗街坊得悉後紛紛伸出援手。

街坊送上藥物　搜羅求診資訊

她透露相助街坊均是該 Facebook 群組的「媽媽級」成員，有街坊知道其兒子發燒病嘔後，馬上到藥房買藥，以及送上寶礦力和維他命補充劑，又為她蒐羅求診資訊，

「多謝你，擔心我仔想睇醫生冇人幫，幫我搵好晒啲資訊的你；多謝你，知我擔心唔知點畀藥兩個仔，幫手問藥劑師的你。」

街坊代買餸收速遞

此外，事主指有街坊知道她喉嚨痛，便為她送上喉糖，亦替她去買凍肉和水果，甚至為她收速遞貨件，令她無比窩心，「多謝你，幫我買凍肉，又借埋雪袋同冰畀我的你；多謝你，喺我唔出得街的時間，幫我去速遞度收貨的你。」

從事主上傳的照片可見，其家中雪櫃有藍莓、士多啤梨、火龍果、牛油果、橙、日本蛋、蔬菜、凍肉、蝦滑、支竹和豆卜等，她形容「雪櫃裏裝的是滿滿的愛」，並向一眾街坊致謝，

「在此多謝呢幾日伸手畀我的每一位街坊，或者來緊可能仲要你哋的援手，請繼續多多指教，到你哋需要我嗰日，我都一定會出現。祝大家都身體健康，港人自救，香港人加油！」

媽媽街坊：有嘢幫手就出聲！

不少網民看到帖文後，形容街坊十分有愛，並祝福事主跟兩名兒子早日康復，亦有相信是有份相助的媽媽街坊留

事主形容「雪櫃裏裝的是滿滿的愛」。

言，指事主如有其他需要可向她們求助，並相約她康復後再見面聚餐。

撰稿：蘇麗儀

圖片：Facebook

晴報，2022 年 3 月 18 日

第四篇

堅強後盾

香港阿姨：我記住了你們明亮的眼睛

連夜告別妻子和 5 個月大的孩子，中山大學附屬第一醫院的胡智坤隨隊趕往香港。他是內地支援香港抗疫工作專班派遣的第二批援港抗疫醫療防疫工作隊核酸採樣隊隊員。

香港第五波新冠肺炎疫情嚴峻，傳播鏈條不斷延長。胡智坤記得，2 月 19 日，第二批援港抗疫醫療防疫工作隊在淅淅瀝瀝的凍雨中出發。一路上，他不停告訴自己，「一定要保證自身的安全，才能做好採樣工作，在這場戰役中發揮作用，為香港同胞盡最大努力」。

他們經深圳灣口岸赴香港，全力配合特區政府開展重症研究、治療和核酸檢測等方面的工作。核酸採樣隊成員來自廣東省人民醫院、中山大學附屬第一醫院、暨南大學附屬第一醫院、廣東省中醫院和南方醫科大學第三附屬醫院 5 家醫院。

這些天，100 餘名援港核酸採樣隊員忙碌在香港元朗、油尖旺、北區、馬鞍山、土瓜灣 5 個檢測點，為香港市民提供核酸檢測服務。

「外有衝鋒衣，內有衝鋒心」

「那天到了香港關口，一眼望去，都是防疫工作人員，少了幾分繁華，多了幾分冷清。」胡智坤說，他這才意識到，責任重大，抗疫刻不容緩。

本批工作隊的 114 名成員中，有重症醫學專家 4 名、核酸採樣隊管理人員 4 名、核酸採樣隊隊員 106 名，都是近幾年廣東省抗疫隊伍中的精英，不僅醫療經驗豐富，而且大都熟練掌握粵語和英語，熟悉香港。赴港前，隊員都接受了系統的培訓。

擔任本批工作隊領隊的廣東省衞生健康委副主任張玉潤介紹，目前內地與香港共同成立了抗疫工作專班，並制定了相應的工作方案，工作隊到港後按照工作方案，協助港方開展重症研究、救治和核酸採樣等方面的工作。

2 月 19 日，醫院的援助物資也及時運抵香港。核酸檢測工作還沒開始，援港核酸採樣隊的年輕人就幫忙搬卸物資。胡智坤說，那天一直下著雨，可仿佛沒有任何阻礙，「因為香港同胞需要，我們就外有衝鋒衣，內有衝鋒心」。

2 月 20 日，援港核酸採樣隊立即投入規範化培訓和動員。中青報·中青網記者了解到，香港地區核酸檢測是鼻咽拭子一起，隊員要先學習香港地區採樣的流程和操作方法。僅用很短的時間，在香港馬鞍山遊樂場的援港核酸採樣隊隊員陳宇冰和同事就已能嫻熟操作。

「人心齊，泰山移，香港一定掂。」陳宇冰告訴記者，有一位香港市民聽說有國家醫療隊在馬鞍山遊樂場這邊做核酸採樣，整個過程特別快，就特地從其他區域坐車過來檢測，「這是香港市民對國家醫療隊的信任。我們也將繼續做好本職工作，為香港市民帶來更多希望」。

2 月 21 日，大雨仍未停歇，香港氣溫低於往年。在內地醫療隊員的協助下，現場核酸檢測速度和檢測數量有了明顯提升。

「之前，這邊一個檢測點開 10 張枱，我們來了之後，能開 15 至 17 張枱。」中山大學附屬第一醫院核酸採樣隊領隊、醫院副院長張弩說，目前，正想辦法從採樣隊伍、檢測手段等方面幫助香港提升檢測能力，企業搭建的氣膜實驗室也已投入運行，「在中央政府的大力支持和香港社會的團結協作下，我們有信心打贏疫情阻擊戰」。

「我記住了你們的眼睛」

2 月 22 日，依然是一個雨天。援港核酸採樣隊的年輕人以為防護服不透水，就沒有在意，但隨著雨越下越大，頭頂感覺到絲絲涼意，後來開始凍手凍腳，特別是噴酒精的瞬間，感覺冷到了冰點。胡智坤說，大多數香港居民測核酸時，都會主動向隊員們問好，隊員更有動力了，「做好採樣工作，不管颳風下雨，我們都不能退縮」。

讓援港核酸採樣隊員甘恬田感動的是，2 月 24 日，一位阿姨專程從其他地方趕過來，想當面對廣州支援香港醫療隊說聲「謝謝」。雖然穿著厚重的防護服不能面對面交流，但阿姨說：「我記住了你們的眼睛，一雙雙明亮的眼睛！」甘恬田說，自己的微薄之力能夠帶給香港同胞們熱情和希望，才能無愧於這身「醫」裝。

2 月 25 日，特地坐車前來馬鞍山遊樂場的香港市民張先生向核酸檢測隊員表示，公司要求員工定期去做檢測，結果陰性方能繼續上班。

「檢測採樣第二天就有報告短信，速度真的很快！」張先生告訴檢測人員，先前做的兩次核酸檢測，要等多日才有結果，「非常影響開工」。首次看到內地援港抗疫醫療防疫工作隊，胸前寫有「國家醫療隊」的字樣，讓他心裏踏實了不少。

一名在現場負責疏導的香港志願者對援港核酸採樣隊員羅聰說：「有了你們內地醫護的幫忙，香港也呈現出『中國速度』，相信在不久的將來疫情一定能被控制住。」

希望與香港一起贏過疫情

廣東省人民醫院新生兒重症監護室護士謝國波赴港前，妻子抱著 1 歲多的女兒為他送行。女兒緊緊地將頭貼著爸爸的頭，依依不捨。2020 年除夕，謝國波曾作為廣東首批支援湖北醫療隊員趕赴武漢，這次又是第一時間報名。他說：「我有支援湖北經驗，相信一定能為香港的疫情防控貢獻一份力量。」

據了解，此次援港核酸採樣隊中，有不少參與過武漢、廣州等地抗疫的醫護人員。

中山大學常務副校長、中山大學附屬第一醫院院長肖海鵬透露，2 月 19 日出發時，他們派出的 22 名隊員中，由 80 後副院長張弩掛帥，其他均為護理人員。這些隊員中，有的參加過香港抗疫，有的曾經馳援湖北抗疫，學歷最低為本科，最高為護理學博士，在選拔時對粵語、英語都有嚴格要求，要能進行日常英語交流。

暨南大學附屬第一醫院核酸採樣隊的 21 名隊員，全部會説流利的粵語，並且有著豐富的核酸採樣經驗。他們當中，最年長的 51 歲，最年輕的僅 23 歲，除 1 名專職從事感控管理工作外，其餘隊員全部能夠熟練進行核酸採樣。考慮到香港當前流行的奧密克戎毒株傳播能力極強，出發前，醫院除了為隊員提供了充足的醫療防護設備，還做了提升免疫力的準備。

「醫院準備好了 7 天到兩週所需的物資保障。」張弩表示，後續物資，醫院和廣東省還將繼續調配，直到圓滿完成任務。

撰稿：林潔

中國青年報，2022 年 3 月 1 日

七天 拔地而起的「希望」

1000 多間隔離房、3900 多張病床，僅在一週的時間裏，中央援建香港的臨時性方艙醫院，就從香港青衣島約 6 萬平方米的土地上拔地而起，並於 3 月 1 日成功交付。這是香港新冠肺炎患者的希望，也是一項超乎尋常的工程

香港青衣方艙醫院是香港抗擊第五波新冠肺炎疫情以來，首個竣工的中央援建香港方艙醫院項目。自 2 月 22 日開工以來，1800 多名員工在此日夜奮戰，冒雨趕工。

作為此次項目現場施工的負責人，來自中國建築國際集團有限公司的李易峰臨危受命。2 月 21 日，接到任務時，他才了解到這裏原本是一片集裝箱集散地，為了建設方艙醫院，還要把其中 3000 多平方米的沙地澆上混凝土。

「3900 多張隔離病床，一週建好香港青衣方艙醫院！」立下「軍令狀」時，設計圖紙還沒有，第一步就要「加速」。不到 6 小時，項目組就做出了香港青衣方艙醫院第一版總平面佈置圖。所有設計方案均以最大床位數為目標，並結合相關政府部門的基本要求，動態調整、確保最優。

作為香港首個臨時性方艙醫院，青衣方艙醫院的設計採用內地已較為普及的裝配式方法組建隔離房。病房由一個個模組化箱式房屋組合而成，每一個房間都配備基本用品及冷

氣機、煙霧探測器、滅火筒等設施。

時間緊、任務重，工程量大，在香港青衣方艙醫院的平地上，集結起上千名內地和香港員工，不少富有應急項目建設經驗的內地員工主動請纓，提出加入項目的建設隊伍。2 月 24 日，首批內地赴港「青年突擊隊」到達香港。這支在 2020 年香港臨時醫院和社區治療中心項目參與建設的隊伍，又一次衝在了香港抗疫的一線。

項目開工時，正逢香港氣溫驟降，連日降雨，團隊成員穿著雨衣趕工。香港員工張國惠在項目中主要從事材料管理工作，深知香港青衣方艙醫院的特殊性和迫切性，「許多物資和材料的物流都受到影響，幸好得到大家的幫助，物流運輸難題得以解決」。

作為建設香港青衣方艙醫院的內地「大後方」，中國建築國際集團旗下中建海龍公司承擔著供應全部模組化箱式房屋的重任。其間，面臨的最大挑戰就是如何足量、不間斷地為香港方艙醫院供貨。

中建海龍迅速集齊了市面上的模組化箱式房屋，在廣東省中山黃圃港、廣州蓮花山港等同步進行箱體組裝，整箱裝船以減少現場工作量。為了盡可能爭取項目建設時間，中建海龍一方面在各工廠派駐管理人員，協助提高產能和運輸能力；另一方面火速集結 320 餘名工人和 20 名管理人員，調用 16 台吊機，在黃圃港碼頭同步進行箱體組裝。

為確保按期供貨，該公司協調工作專班，打通海關、碼頭、船運公司等多個關卡，在各個審批節點、工廠倉庫以及中山黃圃港、廣州蓮花山港等設專人專班跟進，確保產品最短時間運抵香港。

當箱式房屋運抵現場，李易峰和團隊要組織施工人員快速組裝箱體，形成隔離房。面對不同品牌、規格的箱體，施工人員抓緊學習，保障箱體快速組裝，組裝後的箱體需再用吊車吊到指定位置。

2 月 26 日晚上，是李易峰和團隊神經最緊繃的一晚。隨著物資陸續運抵，當天的工作目標是要把約 1300 個隔離房擺放到工地的指定位置。李易峰要在現場協調超過 60 部機械、20 多部拖車。他已經 36 個小時沒有合眼，嗓子痛到沙啞。「這個工程意義重大，責任也必須重大。」李易峰絲毫不敢鬆懈，這是一次資源調配與快速建造能力的「大考」。

回想起這一週，李易峰感覺香港青衣方艙醫院項目像是從「冬天」幹到了「夏天」。雨夜，大家凍得哆嗦，要穿著保暖內衣；眼下氣溫回升，白天很多人開始穿短袖幹活。

1800 多人的項目工地，防疫壓力大，其他醫療需求也較為集中。2 月 26 日，香港專業醫療機構派出醫生為項目提供醫療服務，每天安排醫療人員駐紮在施工現場，同時，提供 1-2 名醫生 24 小時提供緊急服務。為了保證安全，項目人員每日進場前，必須完成一次新冠病毒抗原快速測試，並提供陰性結果證明。

2 月 27 日，項目已接近尾聲，香港部份立法會議員和市民代表來到工地，向辛勞奮戰的工友致以感謝和敬意，捐贈 2 萬份快速抗原檢測包等防疫物資，並表示：「工友們為了香港抗疫工作，24 小時輪班趕工，這麼不辭勞苦地幫助我們，真的非常感激，我們也想為他們盡些綿力。」

香港員工曾川銘在項目中主要從事安全及環保工作，「我見證了一個不可能的任務」。從事建築行業將近 25 年，曾川銘從沒試過接觸只有 7 天工期的地盤項目，「這簡直是天方夜譚！」但他看見大家為求完工，上下一心，夜以繼日，深感自己能夠為香港的防疫工作作出貢獻而榮幸。

隨著項目交付，香港青衣方艙醫院正在逐步發揮作用。李易峰仍然在項目上忙碌，對於他和團隊來說，還有其他方艙項目等待他們前往。隨著越來越多的方艙醫院建成，他們相信，香港這波疫情很快就會像這一週裏的天氣一樣，從冷雨到放晴。

撰稿：寧迪

中國青年報，2022 年 3 月 2 日

守護香港「菜籃子」

走進大連瓦房店中佳食品有限公司生產車間，700 名工人正有條不紊地進行加工生產，屠宰、沖洗、預冷、分割、包裝…… 廠區內，經大連長興島海關檢驗合格的 28 噸冷凍分割雞肉正在裝箱，即將啟運發往香港。

目前，香港新冠肺炎疫情形勢嚴峻，「菜籃子」供應受到影響。遼寧大連瓦房店各大食品企業心系香港同胞，正加班加點生產，保障冷凍產品穩定供港。

「我們這兒生產的冷凍雞肉因為品質良好，佔據了香港一定的市場份額，香港疫情牽動著我們的心，我們幾家雞肉出口企業正克服困難，滿負荷生產，全力保障香港市場雞肉供應，助力香港同胞早日戰勝疫情。」大連中佳食品有限公司總經理邱嘉濤告訴中青報·中青網記者。

該公司供應香港的主要是白羽肉雞產品，包括胸肉、腿肉等，每天供應香港的產量約 50 噸。香港第五波新冠肺炎疫情發生後，公司時刻跟客戶保持溝通，了解香港市場情況。

「我們現在供港的發貨量，比去年同期增加 30%，特別是過完年後，公司在人員不足的情況下加班加點，爭取早一點把貨發到香港市場。」邱嘉濤介紹，年後工人回工率約

90%，為了保障供應香港的產量，大家從正月初八一直工作到現在，近期才休息了 1 天。

同樣，瓦房店龍城肉食品加工有限公司也在生產冷凍雞肉產品，每天產量能達到 600 噸，供應香港 60 噸。

「我們心系香港疫情，只要香港有需求，我們一定盡力滿足。」該公司出口銷售經理盧甯說，為了給香港客戶及時供應產品，公司提前兩天開工，保證產品能夠正常發貨。「我們供應香港雞肉產品已經 17 年了，毛雞入場化驗室要做藥殘檢測，產品出廠要做一次微生物檢測，並且現在每批產品我們都要做一次核酸檢測，確保食品安全。」

據統計，2 月以來，大連海關已累計監管輸港雞肉 1850 噸，貨值 2465 萬元，平均每天有近 7 萬隻雞擺上香港餐桌。

為給全力生產的企業提供便利，長興島海關有專人負責對接。據了解，為保障香港雞肉供應量足價穩，大連長興島海關發揮企業協調員作用，積極走訪轄區 6 家大型供港雞肉生產企業，量身打造快速通關方案；開通「供港物資服務熱線」，24 小時線上解答企業諮詢，採用提前申報、線上預審單證、全天候預約查驗等一系列便利化措施，確保供港雞肉隨報、隨檢、隨放；提前掌握雞肉出口計劃，利用職能優勢，幫助企業協調解決冷鏈集裝箱訂艙難題，實現通關「零延時」。

大連長興島海關關長那瀚文表示：「長興島海關轄區供港雞肉量大，理應承擔更大的社會責任，我們在優化服務，加快驗放速度的同時，還將加強監管，壓實企業食品安全主體責任，全力保障香港同胞『菜籃子』安全。」

撰稿：王晨

中國青年報，2022 年 3 月 4 日

確保抗疫物資準時運抵
機場幕後英雄不眠不休工作 30 小時

第五波疫情來勢洶洶，為對抗這次疫情，前線人員自然全力以赴，但鏡頭背後，還有一批為抗疫而戰的後勤人員。內地支援本港的醫療抗疫物資於短時間順利空運抵港，過程猶如與時間競賽，分秒必爭。整個過程順利進行，為航空公司提供航空集裝設備及地勤設備的幕後英雄功不可沒，有人工作連踩 30 小時都毫無怨言。

大昌－港龍機場地勤設備服務有限公司是香港地勤設備服務的主要供應商，為不同航空公司提供航空集裝設備（Unit Load Device）及機場地勤設備（Ground Support Equipment）。大昌行集團汽車相關業務主管張嘉欣解釋，一般而言，航空集裝設備，是指飛機上運輸的貨板或貨櫃，如貨物需要冷藏設備，他們亦會提供冷凍箱，而這類冷凍箱，近期就大多用於抗疫醫療物資身上。而機場地勤設備如提供拖行飛機的牽動車、貨物升降台亦是他們的工作範圍。

航空設備需求大增　人手緊張成最大挑戰

保證物資準時及安全送運，張嘉欣承認確實有難度，人手更是最大挑戰。她指機場是一個感染高風險地方，在防疫

左｜在運送醫療物資中，冷凍設備非常重要。
右｜航空所需的集裝設備，包括飛機上運輸的貨板或貨櫃。

工作上非常嚴格，務求不會影響正常運作，不過無可避免亦有員工因為受感染需要隔離，但他們都會盡可能將影響減到最低。

現時公司約有 200 名員工，惟近期亦陸續有員工需要隔離，人手可謂相當緊張，張嘉欣指，為保持正常運作，惟有調配員工的上班時間，「工作崗位一定要有人當值，若下一更未有人上班，上一更同事亦會盡可能不離開。有同事更因此要連續工作 24 至 30 小時」。

張嘉欣不諱言，相信抗疫行動亦會持續一段時間，她與團隊已有心理準備，估計未來挑戰會更大，但憑著使命感，他們必定謹守崗位，做好一切應變工作。

撰稿：Mars、georgewang
圖片：受訪者提供
橙新聞，2022 年 3 月 9 日

孩子剛滿百日　他選擇「逆行」援港

應香港特區政府請求，由廣東省組派的內地援港醫療隊共 75 人，今日（14 日）經深圳灣口岸啟程赴港，配合特區政府開展病人救治工作，幫助香港盡快穩控疫情。其中廣州中醫藥大學第一附屬醫院有 6 名醫護援港，當中包括國家中醫疫病防治隊的技術骨幹，他們將發揮中西醫結合優勢，參與新冠肺炎患者的救治工作。

廣州中醫藥大學第一附屬醫院呼吸與危重症醫學科副主任詹少鋒此前曾作為領隊，帶領該院援鄂國家中醫醫療隊奔赴武漢。此次離穗援港前，詹少鋒接受點新聞記者採訪時表示，新冠肺炎疫情仍屬於疫病範圍，他們將發揮中西醫結合優勢，參與新冠肺炎患者的救治工作，防止輕症患者轉為重症，進一步降低死亡率。

點新聞記者在出發現場看到了一名依依不捨的奶爸，他就是廣州中醫藥大學第一附屬醫院呼吸科主治醫師張高。今天他的孩子剛滿百日，接到指令「逆行」援港的他，卻無法陪伴孩子度過這一重要時刻。張高很認真地對記者說，他要將把對家人的愧疚，轉化為積極工作的熱情，投入到援港抗疫中去。

廣州中醫藥大學第一附屬醫院腦病科代理護士長譚芹在

75 名廣東醫護在省衛建委門前合影後，隨即馳援香港。

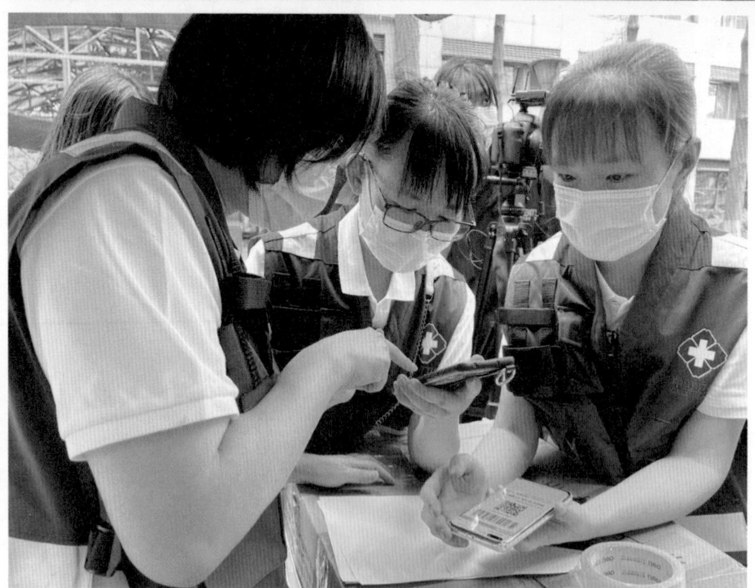

上 | 港大深圳醫院首批醫護參與廣東援港醫療隊。

下 | 廣州中醫藥大學第一附屬醫院的援港醫療隊員出發前做信息核對工作。

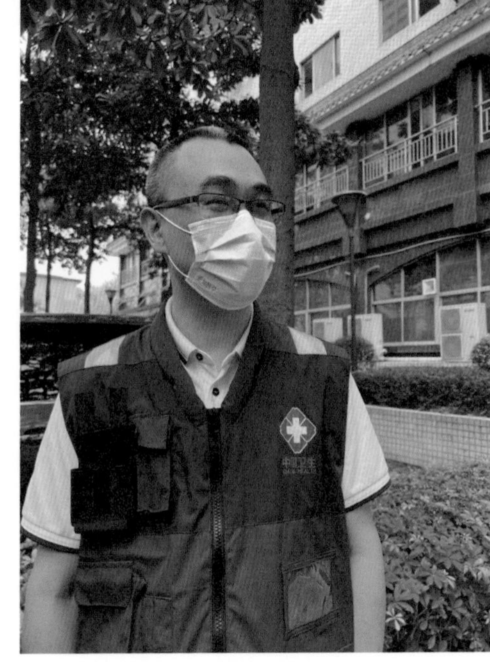

上｜援港醫護攜帶大批防護物資到達關口，警察熱心幫忙拖車。
下｜張高請纓馳援香港，希望能為香港抗疫盡一份醫者的力量。

此次援港前，已是時刻關注香港疫情。譚芹說，自己擁有重症專科護理經驗 8 年，是中華護理學會重症專科護士，希望能赴港為救助重症病人出力。她說：「進入到香港病房，我會隨時做好為病人搶救的準備，密切監護重症患者的生命體徵，盡最大努力爭取保證他們的生命安全。」

撰稿：黃寶儀、盧靜怡

點新聞，2022 年 3 月 12 日

「我」的醫療援港抗疫日記：獅子山下，粵港同心

香港員警的招手致敬、小女孩的鞠躬道謝、香港市民的手繪賀卡、志願者的點讚「比心」…… 內地援港抗疫醫療防疫工作隊「逆行」而上的一個月裏，付出的是汗水辛勞，收穫的是認同、謝意。

2 月 19 日，內地支援香港抗疫工作專班派遣的第二批援港抗疫醫療防疫工作隊，經深圳灣口岸赴港開展重症研究、治療和核酸採樣檢測等工作。

來來往往的香港同胞記住了醫療隊員一雙雙明亮的眼睛，情真意切地道出一句句：「唔該晒」。路邊經過的私家車裏，有車主默默給隊員比出「加油」的手勢。無論冷雨還是豔陽天，隊員們一日無休，及時到場、快速檢測，只盼香港早日走出新冠肺炎疫情的陰霾。

忙碌之餘，負責核酸採樣的醫療隊員碎片化地記錄下近一個月的感受。短短一兩分鐘的核酸採樣，架起了風雨中連接內地醫護人員與香港市民的「心橋」。

無處不在的謝意

醫療隊是冒雨連夜抵達香港的。氣溫驟降、冷雨紛紛，來自中山大學附屬第一醫院的隊員被分到馬鞍山遊樂場，負責核酸採樣。

香港的核酸採樣需要鼻、咽拭子一起檢測，一些市民對鼻拭子十分緊張。中山大學附屬第一醫院的司徒妙瓊已是第二次「出征」香港，上一次是 2020 年。此次她主動請纓出征，希望憑這幾年的抗疫經驗，為香港扛過第五波疫情貢獻一份力量。

司徒妙瓊在日記裏寫道：「一位香港女市民第一次來測核酸時很害怕，做鼻拭子時，我把拭子前端 0.5 釐米放入她的鼻腔，並詢問她感受，可以接受後再放進 0.5 釐米，停一會又放進 0.5 釐米，循序漸進讓她有心理接受的過程，最終順利完成了核酸採樣。」每次採樣工作結束後，針對一些市民關於飲食、居家防護、科學防控、疫苗接種等方面的問題，司徒妙瓊會習慣性地介紹相關知識，並給出建議，「能用專業知識幫到大家，我很開心」。

中山大學附屬第一醫院的唐春苑在日記裏寫道，很多香港市民特地從其他地點趕過來做檢測，檢測完仍不忘對醫療隊豎起大拇指點讚。「雖然不能握你們靈活纖細的雙手，但是我體會到了你們的輕柔和熟練，感謝你們！」一位 40 歲左右的女士做完核酸後，突然送給醫療隊一張她自己手繪的卡片，圖案是戴著口罩的「冰墩墩」。接過這張卡片，看見上面用中、英文寫著「謝謝你」時，大家非常感動。

2 月 23 日，香港的天氣終於放晴。來排隊做核酸的市民明顯增多，一天忙碌下來，中山大學附屬第一醫院的王嘉敏正走向返程大巴車時，耳邊突然傳來溫柔的聲音：「唔該晒你們啊，辛苦。」遲緩了兩秒，王嘉敏回過頭，看到一對母女。「真系唔該晒你啊！」小女孩突然半鞠躬道謝，不知所措的王嘉敏只能連忙擺手說：「唔使唔該！」

在王嘉敏看來，核酸採樣對於護士來說，操作起來並不複雜。但對於不同時期、不同人群，操作的意義都不一樣。「對於要辦理住院的患者，它是一張入場券；對於上班一族，它是支撐家庭經濟的憑證；對於這個時期的香港，它更是安居樂業的大前提。小女孩和她媽媽的眼神，更加堅定了我的使命感。原來，我並不複雜的一次檢測，可以帶給她們如此的感動。」王嘉敏說。

支援香港期間，醫療隊每天兩點一線輾轉在酒店和檢測場地。短短 15 分鐘的車程，隊員們看著安靜的街道沒有記憶中喧鬧，可愛的笑容藏在口罩底下。大疫情下，小口罩裏，能體會到每個市民很渴望回到以前的樣子。

「市民的肯定，是對我們工作的認可，大家一起加油吧！」南方醫科大學第三附屬醫院醫療隊員在香港元朗鳳琴街體育館進行核酸採樣，一天，有位 50 多歲的香港市民問隊員劉巧芳：「你們是『國家隊』吧？」劉巧芳點點頭，剛想問是如何辨認出來的，對方繼續說：「以前我們排隊要兩三小時，今天不到半小時就做上啦，多謝！」

「我來試試『國家隊』的手法。」一位香港市民來做核酸時問了劉巧芳很多問題，並驚訝地說：「現在天氣這麼熱，悶在防護服裏連續工作 4 小時，不喝水也不去衛生間，你一定很難受吧？」劉巧芳說：「我可以克服的，工作前都不喝水。」

中山大學附屬第一醫院的王萍發現，每天與醫療隊有聲音交流的僅有三類人：「一是酒店工作人員，他們每天早晚都會對我們每一位出發隊員說，『辛苦你們了，注意安全』『你們辛苦了，好好休息』；二是不管天氣風雨交加還是陽光燦爛，每天準時護送我們上下班的司機和導遊，在往返核酸採樣點的路途中，還不忘為我們講解香港文化；三是前來核酸採樣的市民，不斷對我們致謝。」

很多時候，隊員們與香港同胞的交流也是無聲的。「每當往返核酸採樣點的時候，車窗外總是有香港警員向我們招手致敬；車在等紅綠燈的片刻，旁邊私家車或者公車上的市民，隔著車窗為我們比起『加油』的手勢。在這些無聲交流的片刻，我聽到了香港市民對我們的鼓舞，也看到了香港市民積極抗擊疫情的信心與期望。」王萍日記裏寫道，這讓大家更加有信心、有動力打贏這場沒有硝煙的戰爭。

健康的「綠」很快就會回來

進入 3 月，香港天氣已是熱辣辣的。

「今天說得最多的一句話就是『好熱啊』，甚至在核酸採樣間隙，腦袋突然間會閃出冰檸檬水的畫面。」3 月 1 日，來自中山大學附屬第一醫院的陳宇冰在日記裏寫道：「即便烈日炎炎，我們依舊不斷提高工作效率，為的是盡量縮短市民在太陽底下的排隊時間。下了班，每位隊員脫下密不透風的防護服，裏面的手術衣全都濕透。此時，有隊員反而開起玩笑說，『手術衣曬一曬，等會兒結晶了又變大白』。」

醫療隊每天採集的核酸標本量，常常會打破前一天的紀錄。一天，一個小男孩被奶奶帶來做核酸，奶奶已是滿頭白髮，小朋友很配合地做完核酸檢測後，在外面站著等奶奶。看著祖孫遠去的背影，陳宇冰在日記裏寫道：「連小朋友們都這麼積極配合核酸檢測的工作，有如此強的自我防護意識，相信戰勝疫情的曙光就在眼前。」

來自南方醫科大學第三附屬醫院的殷良春發現香港市民很配合工作，按要求排隊，秩序井然，「他們的配合大大提高了採樣工作的效率。有些隊員的粵語表達不那麼流暢，他們會理解我們，用不怎麼標準的普通話配合我們的詢問，非常暖心」。

3 月 6 日一早，中山大學附屬第一醫院醫療隊來到馬鞍山遊樂場後，看到前一夜的狂風把採樣點臨時搭建的 20 多個整整齊齊的雨棚吹得一片狼藉：帳篷頂布都沒了、棚架折斷、物資散落一地，地上到處是乾枯的樹葉和大風過後的沙粒。隊員們需要重新搭建核酸採樣點，才能開始一天的核酸採樣工作。23 攝氏度的氣溫下，穿著防護服的隊員們頻繁地仰頭、綁定雨棚，早已汗流浹背。

「我下輩子一定要長高一點！」「綁完你就可以長高了，哈哈哈哈！」王嘉敏的日記裏，記錄著隊員全程如何搭配默契、相互協作、笑聲連連。「那一刻，感覺重新建起來的不僅是帳篷，更是醫療隊對香港市民的愛。」

作為隊裏為數不多的男生之一，除了採樣工作外，中山大學附屬第一醫院的胡智坤主動承擔起了很多重活。從內地到香港的路上，胡智坤不停告訴自己，一定要保障自身安全，才能夠在這場抗疫中發揮最大的作用，為香港同胞盡最大的努力，做好採樣工作。

「美麗的香港，繁榮的香港，是不可以被疫情打敗的，祖國正在集結更多力量支援，等待大部隊到來時，就是勝利之日。」坐在車裏，看見馬路上亮起的紅燈，來自中山大學附屬第一醫院的鐘劍青堅信，「紅燈」不可怕，是暫時的，健康的「綠」很快就回來了。

「所有發生著的，都在向著美好的方向前進！」司徒妙瓊認為，中央的有力支援、香港特區政府的有力舉措、香港百姓的全力以赴，匯聚成一股向上生長的力量，「這就是祖國抗擊疫情的底氣！」

撰稿：林潔、寧迪

中國青年報，2022 年 3 月 14 日

保安局先遣隊員談元朗方艙醫院之一海關篇

在香港，中央援建的元朗潭尾社區隔離設施從 24 號開始，分 3 階段陸續啟用，在香港保安局抗疫特遣隊統籌下，交由香港海關負責管理。香港海關情報統籌課主管劉玉龍接受本台訪問表示，儘管在管理過程中遇到不少挑戰，他們會繼續以「專業承擔」的精神提供服務。

中央援建香港的元朗潭尾社區隔離設施，是目前香港規模最大的社區隔離設施，設施佔地約 10 公頃，提供超過 2000 個隔離單位，共約 9400 張床位。香港海關情報統籌課主管劉玉龍接受本台訪問表示，香港海關調配近 400 名關員管理設施，在管理過程中，他們遇到不少挑戰。而挑戰來自於時間和管理兩個方面。香港海關在整體籌劃，包括人手調配、人員培訓、物資採購，以至每一個房間的佈置，都需要將時間不斷壓縮，最終成功讓這個全港規模最大的方艙在 3 月 24 日正式啟用。

在管理方面，劉玉龍表示，香港海關特別加入了一些創新元素，希望做到以人為本。比如拍攝一些短片介紹方艙房間裏的設備，準備一些「小錦囊」，並且將有關資訊上載到海關的社交平台，讓一些準備入住方艙的人士有更多了解。

海關關員正在整理防疫物資，準備分發到各個房間。

此外，為了讓確診人士隨時可以吃到熱食，他們特別在房間裏放置熱蒸爐，以供患者使用。

原本在海關情報科從事調查工作的劉玉龍表示，接到新任務後感到很光榮。他們第一時間進行各方面部署，包括人手張羅、人員培訓等，這對他們來說是一個很大的鍛煉。他希望香港海關發揮「專業承擔」的精神，為入住方艙的人士提供專業服務。

在元朗潭尾社區隔離設施，海關關員負責患者的入住登記、為患者提供物資支援、24 小時的熱線服務，以及整個設施的物資管理等工作。香港海關還推出電子管理平台「營健通」以優化設施運作效率。

撰稿：崔可君

鳳凰衛視，2022 年 3 月 28 日

保安局先遣隊員談元朗方艙醫院之二海關篇

在香港第五波疫情肆虐之下，各紀律部隊積極參與抗疫工作。在 28 號全面投入服務的元朗潭尾社區隔離設施，就由近 400 名海關關員負責管理。從接待患者、接聽熱線到物資分配，每個崗位都有他們的身影。他們向本台記者分享了在抗疫最前線的感受。

中央援建香港的社區隔離設施陸續交付使用，香港保安局從各紀律部隊抽調人員成立抗疫特遣隊，負責設施的管理工作。原本在香港海關負責打擊毒品的關員王碩尉，他的新任務，是在元朗潭尾社區隔離設施，負責患者接待。他接受本台訪問時表示，他們每天需要穿著保護衣進入「疫區」，即是有確診病人的地方。雖然工作性質存在一定風險，但他很開心能夠幫到香港市民。

在社區隔離設施，抗疫特遣隊開設了 24 小時熱線，及時與患者溝通。本是海關毒品調查科關員的李迅，現在是熱線組的一員。他分享了自己第一晚上通宵班時發生的一件小事。當晚約凌晨三四點，有一位女士打電話來，在電話裏面像要哭的樣子，不停地重複說「你們不要趕我的女兒出去，我擔心到睡不著覺」。經過了解，原來這位女士是一位單親

載有確診者的抗疫小巴駛入隔離區，穿著全套防護衣的關員負責接待登記工作。

媽媽，她的女兒比她先確診，當天是女兒離開方艙的日子，她擔心女兒出院之後沒有人照顧，於是打電話來請求幫忙。李迅隨即與相關同事展開協調工作，在第二天早餐之後，李迅回覆這位媽媽說：「請放心，你的情況我們同事已經處理，你的女兒可以留到跟你一起出院。」這位媽媽感激地連說「多謝」。李迅說，聽到患者這樣反饋來表達感激的心情，他也感到開心和安慰。

對於設施的管理工作，香港海關風險管理組指揮官陳啟豪形容，他們是在打一場「逆境球」。他表示，以前海關的調查工作是「抽絲剝繭」將罪犯「抽」出來。但是方艙的管理工作像是一個機器的齒輪，環環相扣。大家都沒有這方面的經驗，但都憑著一顆心，希望將事情解決。每人多走一步，就像足球一樣，打「疫境球」的時候，每個球員多走一步，這樣才能將事情做好。

從海關到方艙，他們全力投入新任務。但是，無論在哪個崗位，他們都有一個共同目標，那就是帶著香港海關「專業承擔」的精神，服務好每一位有需要的市民。

撰稿：崔可君

鳳凰衛視，2022 年 3 月 30 日

香港醫護談內地援港之一
醫護篇

在香港亞博館新冠治療中心，如何分辨內地援港醫療隊和香港的醫護人員，主要是看衣服上掛著的胸牌以及口罩顏色，內地醫護經常戴綠色口罩，香港醫護則戴藍色或白色口罩。有在亞博館工作的香港物理治療師，在接受本台記者專訪中表示，經過一段時間共事，感受到內地醫護很主動、細心地照顧病患，把病人當作家人，也發現這群離鄉背井來港支援的內地醫護，其實也有想家的時候。

在亞博館新冠治療中心裏，近 350 位確診病患多數都是長者，在身體康復後，如何恢復身體機能，自主生活，尤為關鍵。在綠區文書辦公區域的一個角落，負責確診病患康復治療的小組，內地和香港兩地醫護團隊正在討論針對個案的最佳治療方法。

香港醫院管理局專職醫療、高級行政經理陳建銘表示，在過往的幾個星期，其實都有很多機會可以互相交流，當中會討論，究竟病人康復的需要是怎麼樣的，內地過往做康復的治療，特別是新冠病人的康復治療，有很多寶貴的經驗，這當中可以令大家去學習，怎麼令到病人盡快康復，回到社區當中。

經過一段時間的協同合作，內地和香港醫護團隊也更加了解彼此。香港團隊更見識到，內地醫護主動、積極幫助病患。他們將心比心，將確診長者當作家人在照顧，對工作充滿熱情的正能量。

香港東區尤德夫人那打素醫院一般物理治療師湯衛興談到，內地團隊的同事，因為他們的裝束有點不同，會分得出來，他們會主動走過來，了解需不需要幫助，幫你找一下拖鞋，調高床，調低床，他們會很主動幫忙。

香港東區尤德夫人那打素醫院顧問物理治療師曾雅芝向記者表述說，內地醫護和我們一樣，他們看到老人家受苦或者病了，其實很心痛，他們都會說給我們聽，他們對待病人會比較熱情一點，把病人當成自己家人一樣，手牽手地幫助他們，我覺得實屬難得。

近 400 位內地醫護，大多數都是年輕、有家庭的醫生和護士。離鄉背井來到香港馳援，即便不說，想念家人的心情，同樣被香港團隊看在眼裏。

曾雅芝描述當時情景，她說，看到內地援港醫生，當時和他微信溝通的時候，其實時常會看到他的那個頭像每日的相片都不一樣，應該就是他的女兒發了新的相片給他，跟著他就會變了頭像，從這方面就看得出，他很想念家人。

在亞博館新冠治療中心的入口處，擺著香港市民送來，感謝內地援港醫療隊的鮮花和卡片。卡片上寫著，謝謝內地醫護無私的奉獻和默默努力。讓我們一起，同心抗疫、共渡難關。

左｜內地和香港醫護正在討論針對個案的最佳治療方法。

下｜香港市民送來的鮮花和卡片，感謝內地援港醫療隊。

在亞博館裏頭，每一位確診病患的康復出院，背後都是兩地醫護同心協力、共同努力的付出，所謂一方有難、八方馳援，內地醫療隊選在香港疫情最艱難的時刻，來到香港馳援，正是雪中送炭最真實的寫照。

撰稿：林秀芹

鳳凰衛視，2022 年 3 月 4 日

香港醫生談內地援港之二
醫護篇

近 400 名內地援港醫護，持續投入在亞博館新冠治療中心，參與患者救治工作。鳳凰衛視記者獨家跟進拍攝亞博館內港兩地醫護的合作畫面。有香港醫生表示，經過一段時間共事，發現內地醫護堅韌度很高、組織能力很強，並受到內地醫療團隊為香港無私奉獻的感召，表明如果內地有需要，也願意奉獻自己的一份心力。

下午 2 點鐘，正值亞博館新冠治療中心醫護人員交接班時間。在被稱為綠區的電腦文書處理區域，內地與香港醫護人員聚在一起開會，溝通交接複雜個案的治療、照顧情況。

香港博愛醫院及天水圍醫院、老人科顧問醫生歐陽東偉接受記者採訪時表示，港方的醫生和內地的醫生，都是各自獨立巡房，但出來綠區之後，我們就會有一個時段集中在一起，討論一些比較複雜的個案，在那個時候，大家就能交流經驗，因為我們知道內地醫療團隊裏面，有很多醫生是很資深的，甚至參與過武漢新冠肺炎抗疫的工作，所以他們的經驗，在香港，都能用很多。

兩地醫護大都是以廣東話進行交流，經過兩個星期的合作、相處，兩地團隊早已合作無間、不分彼此。除了溝通無

內地醫護與港方醫生合作無間。

障礙，一開始適應香港電腦作業系統，成為內地醫護的最大挑戰，經過一個星期，透過模擬機備份訓練，如今已經完全上手。

歐陽東偉醫生談到，經過了一個禮拜之後，實戰進去巡房，進入紅區，出來入資料，個案討論，我觀察到，其實他們已經很熟悉香港的電腦系統，根本就不存在太大的困難，雖然有些部份可能要請教我們，但我們絕對會協助到。

亞博館裏的紅區，主要用來收治確診患者，紅區內有 2 個展館，共有 8 個病區。內地醫生已經可以獨立負責 6 個病區。在綠區的白板上，清楚寫明內地醫生如何分成 3 個醫療小組，分工照顧 6 個病區、超過 200 多位病患。內地團隊適應能力和組織能力，令香港團隊留下深刻印象。

歐陽醫生形容，很驚訝發現到，他們的堅韌度和組織能力都很強，他們自己 6 個區運作的方式，都是他們自己設定的，所以我很放心他們自己設計的方式，我覺得都是因為一個使命感，我想港方的醫生也是，內地支援團隊也是，都是一個使命感，令他們來這裏做事。

如今近 400 人的內地醫護團隊，已經成為亞博館的主力軍，香港醫生除了感激，內地團隊離鄉背井來到香港馳援，也讓他受到感召，覺得自己同樣有責任，如果有一天內地有需要，也願意奉獻自己的一份心力。

隨著內地醫療團隊的投入，亞博館收治病患能力得到有效提升，目前一共收治有 350 位確診病患，未來將會增加到 500 位左右，醫管局表示，如果要用盡整個亞博館來收治確診病患，還需要 1000 位內地醫護人員來到香港馳援，不過一切都視乎接下來香港疫情趨勢的發展。

撰稿：林秀芹

鳳凰衛視，2022 年 4 月 4 日

想要戰勝疫情的每一個人

香港第五波疫情持續了很長時間。昨日一天，就新增了34466宗確診個案。疫情至今已經累計逾20萬人染疫。另一方面，中央援建的青衣方艙醫院建設率先完工，最快今日就可以安排人員入住。特區政府本月也將推行全民檢測。

來自內地的專家和醫療隊一批一批到港，香港市民也自發起來，做義工，派發物資，互相幫助。每一個人都想早日戰勝疫情，每一個人都覺得，有彼此在，這場仗是會贏的。

無名英雄

來自培僑書院的陳欣桐還記得剛剛知道「新冠病毒」是什麼的時候，「身在香港的我們為了抗疫，出門戴口罩已成常態，要做一次又一次的核酸檢測，面授課堂也暫停了數次。」

兩年多以來，陳欣桐的生活與學習都受到莫大影響，不再像以往一樣自由自在，受到諸多限制。但她知道，在這場與新冠病毒打的仗中有「無名英雄」，他們的付出，是擔當、責任和堅強，更是希望。

在寄給抗疫前線工作者的信中，她說：願正處抗疫前線的英雄能保護好自己，平安歸來，一切順利。相信不久之後的香港一定能夠抗疫成功，歸於平靜。

連日來，來自多所中小學及幼稚園的學生，以鼓勵信、畫作或短片等方式分享抗疫心聲並陸續刊登，向醫護、清潔工、的士司機、義工等現正處身抗疫前線的工作者，以及其他市民大眾送上慰問和祝福。

這股暖流，將每一個人的心連在了一起。

前線

2 月 19 日，中山一院援港抗疫工作隊抵達香港。在參加完部署會和培訓交流後，20 日下午，隊員們就前往馬鞍山遊樂場核酸採集現場，開展實地實習。唐春苑在筆記中寫道，那天「氣溫 7℃，滂沱大雨，冷風陣陣」。但全體隊員士氣高漲，紛紛表示有信心有決心當好排頭兵。

「有市民跟檢測隊隊員說，是親戚打電話告知馬鞍山遊樂場核酸採集現場有中山醫的支援隊伍，速度快、動作輕柔，不用排隊，特意從別的地方趕過來這邊做檢測。還有多位市民主動詢問是不是廣州前來香港支援的醫護人員。」在筆記中，唐春苑寫道，很多市民做完檢測後在雨中行走仍不忘對他們豎起大拇指，這是對他們的工作主動、認真細緻表示了感激和肯定。

「現在祖國和同胞需要你，他們需要你的能力，應該去，這是一份榮譽」。父親在孔繁仁準備馳援香港的時候，對他這麼說。

25 日，廣州金域醫學集團的 1 組五艙合一「獵鷹號」硬氣膜實驗室在九龍正式投入使用，它的日核酸檢測量可以達到 8 萬管。

作為實驗室的工作人員，孔繁仁最近度過了他在香港的第一個生日。那天，女朋友給他發了一張點着蠟燭的蛋糕圖，讓他許願。他許完了，她又發了一張吹滅蠟燭的圖。

「今年的生日就這麼過了。」孔繁仁在筆記中寫道，「今天，香港的新增確診患者數量超了 8000 例，這幾天數據一直在漲，挺驚人的。」但是每天都看到有同伴陸續從內地趕來，他感到內心很有底氣，「疫情雖然嚴重，但是我們在一起努力，是有希望的。」

一水之隔，深圳和香港雖然久未正常通關，雖然深圳現時抗疫壓力漸漸變大，但供港物資的關口一直敞開，「供港生命線」從未停止過運行。

作為深圳進口水果的主要口岸，文錦渡口岸也是供港生鮮的唯一口岸。疫情之下，境外輸入冷鏈專班開啟了封閉管理工作模式，目前一共有 28 人投入了封閉管理的工作崗位。

長達 28 天未能見到家人，對於劉寧來說已是習以為常。孩子正處在小升初的關鍵時期。而他能做的只有在工作之餘，通過家裏的監控攝像頭看看孩子，線上跟他交流。

自這種工作模式從去年 6 月 30 日開始實行，身為文錦渡海關查驗一科科長的劉寧看了太多這樣的故事：有的關員剛剛做了父親，無法陪伴妻兒；有的關員妻子要做膽囊切除

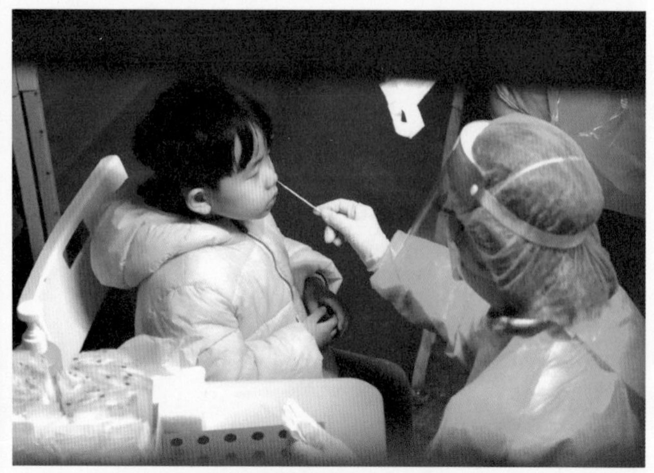

上｜觀塘秀茂坪邨秀賢樓居民早前在圍封強檢中接受檢測。

中｜援港抗疫工作隊在馬鞍山遊樂場核酸採集現場。

下｜中央支援香港的抗疫物資。

手術，簽字卻由父母代替。

「穿了這件制服就要有責任。」劉寧說，每天晚上，在收到「今天通關結束」的信息後，他才能放心睡下，而這條信息最晚的一次出現在凌晨 3 點。

接力

內地支援物資源源不絕輸港，連日來，已接收數以千萬計的快速抗原測試包、N95 及 KN95 口罩等。這些物資最終到達所需者手裏，少不了義工們的身影。

九龍東潮人聯會位於新蒲崗的會址，近日成為物資「工廠」。會長楊育城說，聯會已經發動義工 2000 人次、義務工作時數累計至少 6000 小時，由於送至會址的抗疫物資極多，根本「停唔到落嚟」。

「我們就像傻子，但我們不往前衝，誰又會衝呢？」楊育城形容，現時香港的情況已經是十萬火急。聯會會址在九龍，收到來自港島的求助他們也會立刻叫車，把物資送過去。非會員也不再收取運費。

「如果每個人都不出來幫忙，社會就更加麻煩。」在聯會擔任義工逾 10 年的梁先生，投入義工服務時依然熱情飽滿。雖然難免會擔心在服務時染上新冠病毒，但想起社會上仍有不少有需要的確診者無人關顧，他覺得，「我們幫到他們，不僅自己有滿足感，他們也會快點康復起來！」他希望，全港上下一心，攜手共渡難關。

上｜梁先生（右）在工作中。

下｜林秀強和義工隊。

義工隊在工作中。

退休消防總隊目林秀強目前是紀律部隊抗疫義工隊的一員，負責招募其他退休消防員，到荔景邨恆景樓做檢疫設施的準備工作。他回憶起，剛一開工就有隊員檢測出陽性。

「就在上週六（26 日），我們在開工前都會做快速檢測，不幸有其中一名隊友呈陽性反應，他一心想來幫手，誰知開始了幾日就要離開，大家都非常不開心；怎料放工後我們再做檢測，另一位隊友也發現『中招』了，真是十分無奈，好像以前出任務時有隊員受傷的感覺。」

在這樣的情況下，沒有人選擇獨善其身。「當晚我還收到一個信息，是早上開工前發現『中招』的隊友發過來的。他還為了幫不到手而跟我們說不好意思，還說現在要入 ICU（深切治療部）…… 我回應他，不要這樣說，我們會等他回來。」林秀強說。

72 歲的曾楚霞是香港區潮人聯會義工隊里的一員，得知政府需要人手包裝快速測試包後，她就義無反顧第一個報名。丈夫及子女擔心她年紀大，抵抗力差，容易「中招」，但她堅持要在有生之年幫助社會多做點事。

「我能做多少就做多少。」曾婆婆這句話可以說是說出了所有義工的心聲。

現在，每個人心中都有一個目標，

它很沉重，因為它背負的是全香港！

……

這個目標一個人承擔很重，

但全部人齊心協力，不是太難達到！